吕碧城传

程悦 著

Lübicheng
Zhuan

才君子香
可不过吕碧城

江苏凤凰美术出版社
全国百佳图书出版单位

图书在版编目（CIP）数据

陌上花开君子香　最奇不过吕碧城／程悦著. 一 南京：江苏凤凰美术出版社，2014.7（2019.8 重印）

ISBN 978 - 7 - 5344 - 4192 - 9

Ⅰ. ①陌… Ⅱ. ①程… Ⅲ. ①传记文学 – 中国 – 当代
Ⅳ. ①I25

中国版本图书馆 CIP 数据核字（2014）第 011852 号

策　　划	王继雄
责任编辑	曹昌虹
版式设计	乐活时代
责任监印	唐　虎

书　　名	陌上花开君子香　最奇不过吕碧城
著　　者	程　悦
出版发行	江苏凤凰美术出版社（南京市中央路 165 号　邮编：210009） 北京凤凰千高原文化传播有限公司
出版社网址	http：//www. jsmscbs. com. cn
印　　刷	三河市宏图印务有限公司
开　　本	880mm×1230mm　1/32
印　　张	7
版　　次	2014 年 7 月第 1 版　2019 年 8 月第 2 次印刷
标准书号	ISBN 978 - 7 - 5344 - 4192 - 9
定　　价	39. 80 元

营销部电话　010 - 64215835

江苏凤凰美术出版社图书凡印装错误可向承印厂调换 电话：010 - 64215835

序言：一见倾城，再见倾心

打开民国历史的绢本，和几个小女子相遇于散发淡香的字里行间。

她们面容姣好，眉目传情，笑靥如花，举手投足，风姿绰约。你情不自禁便会爱上，不是一个，是全部。

她们宛若从笔触细腻的工笔画中走出的仙子，美得不可方物。她们生于凡世，却超脱凡世，各自成就了属于自己的一段风流过往。

你可以随口报出她们的名字：张爱玲、林徽因、陆小曼、萧红、石评梅、胡蝶、阮玲玉、赵一荻……

但你未必能一口报出吕碧城。

虽然，吕碧城当年的名气已然超越张爱玲等，位列民国四大才女之首。

世人早已把徐志摩身边的女子炒了个热火朝天，从原配张幼仪，到苦追未果的林徽因，再到同结连理的陆小曼，其中的故事早已烂熟于心。还有倾城之恋的张爱玲，和胡兰成在尘世间的一段孽缘也早已被挖掘得再透彻不过。

但我想要说的是，与我在纸墨间相遇的那些民国小女子，我最爱的，莫过于吕碧城。

一见倾城，再见倾心。

如果说，这些同样风华绝代的小女子里面，林徽因最温柔智慧，陆小曼最妖娆风骚，张爱玲最冷艳痴情，那么，吕碧城便最敏感，最决绝，最果敢，最强悍，最有思想，最开放，最慈悲，人生经历最坎坷悲苦，充满惊涛骇浪。

女人容貌美丽不足为奇。容貌美丽又有才情，这便在爱慕中又多了几许欣赏。容貌美丽又有才情，还能作出一番成就，不由人在爱慕、欣赏之外，又多了几分敬仰。

我便是怀了爱慕、欣赏、敬仰的心，于夏日午后的沙发一隅、于夏夜书房的橘色灯光下，静静地品读吕碧城，品读她跌宕起伏的一生。

俗世间的女子大抵若桃花，粉的粉，白的白，花团锦簇却刺人眼目；而那些稀奇的女子，则自成风流，各不相同。有的若花魁牡丹，雍容华贵；又若风雪腊梅，异香扑鼻；又若小池睡莲，我见犹怜；还若空谷幽兰，暗吐芬芳。

在我眼里，吕碧城当若"天堂鸟"（又名"鹤望兰"），开得坚定自我，开得高贵典雅，开得自由奔放，开得鲜艳凌厉，开到荼蘼。

她真的就像一只无拘无束的天堂鸟，以羽翼丰满的姿态，在她毕生所涉足的文学、妇女解放、动物保护、佛学等诸多领域任意翱翔。

她祖籍安徽旌德。出生于山西太原。

她与姐姐吕惠如、吕美荪都以诗文闻名于世，号称"淮南三吕，天下知名"。

她貌若天仙，时人赠诗"冰雪聪明芙蓉色""天然眉目含英气，到处湖山养性灵"。

她天资聪慧，12 岁便显露才华，诗词书画造诣颇深。

她曾引起中国文坛、女界乃至整个社交界"绛帷独拥人争羡，到处咸推吕碧城"的一大景观。

她是《大公报》的第一位女编辑。

她 21 岁筹办"北洋女子公学"（后改名"北洋女子师范学堂"），23 岁即任监督（相当于今天的"校长"），为"近代教育史上女子执掌校政第一人"。

她是辛亥革命前后著名的文学团体——南社的重要成员，被称为"近三百年来最后一位女词人"。

她曾任袁世凯的总统府秘书。

她与外商合办贸易，聚集可观财富。

她周游列国，宣扬动物保护。

她曾身无分文离家出走。

她终身未嫁。

她皈依三宝，成为在家居士，提倡素食，护生戒杀。

她是唯一的唯一。前无古人，后无来者。不可仿效，无法复制。

她的人生，就是一段，不折不扣的传奇。

【目录】

第一章　惊艳——诗画少年·001

第二章　磨砺——初露锋芒·008

第三章　叛逆——孤身出走·014

第四章　绽放——报馆才女·020

第五章　觉醒——女权解放·029

第六章　情殇——与爱绝缘·037

第七章　崛起——商政精英·059

第八章　巅峰——山水赋诗·070

第九章　升华——留美求学·084

第十章　驻足——归去来兮·108

第十一章　逃离——再游欧美·121

第十二章　归隐——慈悲护生·160

第十三章　回归——皈依三宝·175

第十四章　谢幕——寂寞凋零·188

后　记　穿越半个世纪的极致美丽·213

第一章
惊艳——诗画少年

1

清光绪九年（1883 年），在烟波浩渺的历史长河中注定是一个不寻常的年份。因为就在这一年，诞生了民国历史上最具传奇性的女性代表人物，与张爱玲、萧红、石评梅并称"民国四大才女"的——吕碧城。

既然是才女，必有她赖以形成的丰沃土壤。吕碧城自然有其才学八斗、得天独厚的条件。

吕碧城的祖父名伟桂，字馨园，系国子监读书的太学生，很有身份，在安徽旌德三溪经营典当行和米行，家底颇丰。父亲吕凤岐乃光绪三年丁丑科进士及第，曾任国史馆协修、玉牒纂修、山西学政，与张之洞合办"令德书院"，成为山西本地的名校，系现在的省级重点大学"山西大学"前身之一。母亲严士谕，同治十三年嫁给吕凤岐为继室，亦通诗文。而严氏外祖母沈善宝，也是清朝著名女诗人。可以这么说，吕家家境殷厚，又是书香门第，吕家出才女，也是情理之中。

吕凤岐虽属徽商世家，却少有富甲乡里的阔绰之气。他偏好藏书、读书。时吕家"家有藏书三万卷"，吕凤岐和严氏均对所育四女倾心教育，亲自给她们授课，讲解藏书，授以绘画、治印之法。

书香之家的熏陶，耳濡目染父亲母亲清高风骨，吕家四女各个自幼便显示出过人才华，尤其是三女吕碧城，诗词格律更是清丽脱俗，又不失大气。她似乎对诗词有天生的悟性，灵魂依附平仄韵律而生存："自幼即有才藻名，工诗文，善丹青，能治印，并娴音律，词尤著称于世，每有词作问世，远近争相传诵。"

吕碧城在家排行老三，她和大姐吕惠如、二姐吕美荪号称"淮南三吕，天下知名"。

2

岁月悠悠，书香四溢。四个天真烂漫的女孩穿着整齐，谦卑有礼。她们在父亲的书房里，伸出莲藕一般娇嫩的小手，去够那些大部头书籍，然后头碰头坐在一起，或默默浏览，或轻声吟诵，像四块如饥似渴的小海绵，努力睁大稚嫩的双眼饱览群书，从书中汲取养分。

父亲的书房，像一座神秘富饶的宝藏。万卷藏书蕴藏的秘密，更如广袤沧海，"日月之行，若出其中；星河灿烂，若出其里。"书籍，没有给吕家四姐妹黄金和颜如玉，却给了她们日月星河，给了她们放眼世界的目光，还有直面困顿的勇气。

当有些同龄的孩子们还怯生生牵着母亲的手，期期艾艾的时候，当有些小顽童醉心于抛泥丸、捉蝴蝶、荡秋千、放纸鸢的时候，年幼的吕碧城已经写下这样的文字：

清明烟雨浓，上巳莺花好。游侣渐凋零，追忆成烦恼。

当年拾翠时，共说春光好。六幅画罗裙，拂遍江南草。

在清明如烟如雾的雨中，莺花开得正好，在烟雨中仰起娇俏的笑脸。那些儿时的玩伴呵，渐渐从记忆中远去，回忆起当年一起踏青，踮起脚尖，轻提罗裙，以防裙角扫过青草地，被草上的雨水打湿。哦，和玩伴们折杨柳枝，采迎春花，那无边的春光，江南的美妙春景，想起来是多么令人难忘！

惊艳，初识这江南的风度翩跹诗画少年！

3

"春风吹杨柳"，在吕家花园中，吕凤岐随口出了一个上联。

"秋雨打梧桐"，年仅5岁的吕碧城扬起小脸，不假思索地应道。

"秋雨"对"春风"，"打"对"吹"，"梧桐"对"杨柳"，一个问得巧，一个答得妙，无论是词意还是意境，都堪称绝对。

吕凤岐惊讶之余，又心生几多安慰。看来，这平日的教育没有白费啊。虽两个儿子早夭，但这几个女儿还是非常替自己争气的，这乡里乡邻无不艳羡，令自己老脸生光，好不得意。

4

吕碧城7岁时，绘画水平亦有所突破，已然能作大幅山水画。

吕凤岐曾与"戊戌六君子"中杨深秀修好，杨深秀曾赠其一幅山水画，吕碧城年幼时，吕凤岐就常拿出来给她临摹，一来学习山水画之技巧，二来学习先贤的品格和风骨。而聪明的吕碧城就把这两点全都学了去，既善丹青，又具傲骨。"戊戌六君子"舍命维新变法，被以慈禧太后为首的封建顽固派大肆捕杀，喋血菜市口。吕碧城后来为此写了一首《二郎神》，以纪念这位舍生取义的烈士：

> 齐纨乍展，似碧血，画中曾污。叹国命维新，物穷思变，筚路艰辛初步。凤钗金轮今何在？但废苑斜阳禾黍。矜尺幅旧藏。渊渟岳峙，共存千古。
>
> 可奈。鹰瞵蚕食，万方多故。怕锦样山河，沧桑催换，愁入灵旗风雨。粉本摹春，荷香拂暑，犹是先芬堪溯。待箧底、剪取芸苗麝屑，墨痕珍护。

物穷思变，筚路艰辛，渊渟岳峙，共存千古，这是何等的志向和胸襟！睹物思人，对父亲挚友的无限追念，以及对时事的无尽忧虑，在这首词中体现得淋漓尽致。

5

吕碧城 12 岁时，诗词书画造诣已然深厚。她曾填过一阕《法曲献仙音·题"虚白女士看剑引杯图"》：

> 绿蚁浮春，玉龙回雪，谁识隐娘微旨？夜雨谈兵，秋风说剑，梦绕专诸旧里。把无限忧时恨，都消酒樽里。
>
> 君认取，试披图英姿凛凛，正铁花冷射脸霞新腻。漫把木兰花，错认作等闲红紫。辽海功名，恨不到青闺儿女，剩一腔豪兴，聊写丹青闲寄。

从这首词里，可以看出吕碧城内心里欣赏、敬仰的，是聂隐娘、花木兰这样豪迈奔放，侠肝义胆的女子。"夜雨谈兵，秋风说剑"，整阕词豪气冲天，处处显露出一种雍容大气、壮怀激烈的境界。

而这样雍容大气、壮怀激烈的词作竟然出自一个 12 岁的小女孩之手，所以，当与吕凤岐同年进士的好友，有着"才子"和"诗论大家"美誉的樊增祥听说时，惊讶得半天说不出话来，拍案叫绝。后来樊增祥特意赋诗赞吕碧城曰："侠骨柔肠只自怜，春寒写遍衍波笺。十三娘与无双女，知是诗仙与剑仙？"

樊增祥（1846～1931），清代官员、文学家。原名樊嘉，又名樊增，字嘉父，别字樊山，号云门，晚号天琴老人，湖北省恩施市六角亭西正街梓潼巷人。光绪进士，历任渭南知县、陕西布政使、护理两江总督。辛亥革命爆发，避居沪上。袁世凯执政时，官参政院参政。曾师事张之洞、李慈铭，为同光派的重要诗人，诗作艳俗，有"樊美人"之称，又擅骈文，死后遗诗三万余首，并著有上百万言的骈文，是我国近代文学史上一位不可多得的高产诗人。著有《樊樊山全集》。

"寒庐七子"之一的易顺鼎，读到这首词中那句"辽海功名，恨不到青闺儿女"时，内心赞叹有加，恨不能为之击碎唾壶。

易顺鼎（1858～1920），清末官员、诗人。字实甫、实父、中硕，号忏绮斋、眉伽，晚号哭庵、一广居士等，龙阳（今湖南汉寿）人，易佩绅之子。光绪元年举人。曾被张之洞聘主两湖书院经史讲席。马关条约签订后，上书请罢和义。曾两去台湾，帮助刘永福抗战。庚子事变时，督江楚转运，此后在广西、云南、广东等地任道台。辛亥革命后去北京，与袁世凯之子袁克文交游，袁世凯称帝后，任印铸局长。帝制失败后，纵情于歌楼妓馆。工诗，讲究属对工巧，用意新颖，与樊增祥并称"樊易"，著有《琴志楼编年诗集》等。

碧城十五六岁时，她在诗词方面的造诣更已非同一般。她早年曾写下一阕《踏莎行》：

　　　　水绕孤村，树明残照，荒凉古道秋风早。今宵何处驻征
鞍？一鞭遥指青山小。

　　　　漠漠长空，离离衰草，欲黄重绿情难了。韶华有限恨无
穷，人生暗向愁中老。

　　"一鞭遥指青山小"，如此豪气干云的词句，竟出于一个十几岁
的小丫头之手，令樊增祥、易顺鼎等人赞叹不已。而能得到前辈大家
的真心赞赏，当此年龄者少有其人，足可见吕碧城诗词造诣之深，远
非同龄少年所能比肩。

6

　　孟母三迁，是为了给孟子一个更好的学习环境。吕碧城的父亲吕
凤岐，眼见清廷朝政腐败，官场一团乌烟瘴气，当权奴颜媚外，毅然
决然辞官，离开富庶的江南故土安徽旌德县庙首乡，举家搬迁至江北
的六安。

　　没有谁逼迫吕凤岐这么做。清朝末年风雨飘摇，有如大厦之将
倾，哪个官吏不明争暗斗，为自己的家业几辈子吃喝不愁赶着狠捞一
笔。即使有些清官不愿同流合污也竭力三缄其口，维持中庸，乱世之
中但求自保。但吕凤岐选择在自己 50 岁，正当壮年时急流勇退，不
再为官，的确有他独到的见地。

　　现在想来，吕凤岐的抉择，一来应了他高风亮节的铮铮铁骨，二
来，多半是为了他膝下承欢的两双儿女。他不愿让官场的恶俗侵染孩

子幼小的心灵，所以，宁愿选择归隐，怡情山水间，让清风绿水涤荡身心，给孩子们创造一个干净的，没有污染的成长空间。

一种抉择，代表一种境界。吕凤岐恐怕没有想到，他的这次抉择，会给自己的孩子带来怎样深刻的影响。多年以后，他的三女吕碧城，在她人生的很多重要关口，都做出了和父亲当年同样的抉择。

这些抉择，全都由心而发。

和身份、地位、名誉、金钱无关。

和任何人无关。

7

美好时光总是如掌心里的水滴，稍纵即逝。抬望眼，谁能预知无忧无虑的童年之后，又将有怎样的噩梦在等待着这些如花少女？父亲吕凤岐不能，母亲严氏不能，吕家四姐妹更不能。在一场毫无征兆的变故侵袭之前，她们依然是毫无心机、聪颖早慧的小女孩，与父母亲在一起，尽享天伦之乐。

孩子们在书房潜心阅读，严氏为她们奉汤；孩子们在院内追逐玩耍，吕凤岐抚着胡须颔首微笑，从不苛言斥责。他为她们糊风筝，教她们习字，作画，耐心回答她们永远也问不完的问题。

在吕家后院的秋千上，依稀回荡着女孩们银铃般的笑声。那笑声如此干净而纯粹，即便百年之后，只要忆起，仍觉得宁静而温暖。

第二章
磨砺——初露锋芒

1

严氏并非吕凤岐的原配，正室蒋氏，曾育有二子：吕贤钊和吕贤铭。只可惜一个19岁上因为逃学遭到老师家长责怪，一时想不开寻了短见，另一个4年后因病夭折，吕家后嗣自此断了香火。吕凤岐几乎一夜白头，自此落下头痛痼疾。

吕贤钊自寻短见亡命那年，吕碧城刚刚5岁。4年后，吕贤铭病故。短短4年间，两位同父异母的兄长相继离世，吕碧城幼小的心灵遭受了沉重的打击。多年后，她在《欧美漫游录》中这样描述当时的场景："众叛亲离，骨肉，伦常惨变"。两位兄长去世，便是这骨肉惨变。而之后的众叛亲离、伦常惨变，更是令人心寒。

两个儿子相继离世，对于父亲吕凤岐来说，无疑是一记重创。然重创之下，吕凤岐虽饱受痛苦，身心俱疲，却没有过度沉沦。相反，他把一腔父爱，毫无保留地倾注到四个女儿身上。在他的关注和教育下，严家姐妹也果然没有辜负老父的期望，除四女吕坤秀尚年幼，其余三女年纪轻轻便享有盛名。而吕碧城在三女中，又更胜一筹。金石书画，样样精通，风华绝代，卓尔不凡。

2

光绪二十一年（1895 年）秋，吕碧城 12 岁。那一年，吕碧城四姐妹的人生第一次遭遇了重大的直接打击——父亲吕凤岐不幸亡故。

时年，吕凤岐在六安的新宅和藏书室"长恩精舍"历经 3 年终于落成，恰逢吕凤岐 59 岁寿辰，当地官绅都来祝贺，吕凤岐一时劳累加兴奋，竟撒手人寰。

仿佛交响乐正奏到高潮，冷不丁戛然而止。眼看吕凤岐晚年和女儿们的幸福生活即将展开，好日子就像快要成熟的果实，似乎触手可及，却眼睁睁目睹幸福像凋零的花儿一样，一夜间落败。

对严氏母女来说，父亲的亡故，不啻致命打击。

封建社会，男人就是天，是主体，是一家的领袖。男人可以三妻四妾，而女子只能"三从四德"：未嫁从父，既嫁从夫，夫死从子，要具备妇德、妇言、妇容、妇功。

父亲之死，母亲严氏和她的四个女儿瞬间成了孤儿寡母。没有男人的日子里，势单力薄的母女只能处处小心翼翼，时时如履薄冰。即便如此，也仍然难逃遭人欺凌的命运，就像刀俎上的几块精肉，身不由己，任人宰割。

因严氏膝下无男丁，而女子在当时的宗法制度下是没有继承权的。族人怎么能够容忍家产落入严氏母女手中，便合伙霸占了吕凤岐大部家产，严氏被逼领着孩子回到来安娘家。

这一年，吕碧城才 12 岁。

12 岁的女孩，还没有在温暖的家庭里享尽父母疼爱，就已经过早地体验到了人间冷暖。世相之凶险，人性之贪婪，仿佛张着血盆巨口的怪兽，一口吞噬掉了吕碧城原本幸福快乐的日子。在她幼小的心灵里，充满了对这个世界的怀疑和防备。她像一只刺猬，用尖利的刺把自己严严实实包裹起来，除了自己，她很难再去信任旁人。

3

吕凤岐过世后，对于膝下两双儿女，母亲严氏必须为她们的将来做出安排。严氏并非整天围着灶台操持家务的一般女流之辈，她毕竟有一定的文化根底，眼光自与乡野村姑有所不同。

光绪二十二年（1896 年），严氏带着 13 岁的吕碧城来到天津，将吕碧城托付给塘沽的兄弟严朗轩。严朗轩彼时任职塘沽盐课司大使，官阶虽然不高，但足以提供吕碧城良好的生活和教育条件。

当时的天津，是国内少有的几个国际商埠之一，洋务、新政、新学盛起。吕碧城虽然上的是天津的私家女塾，接受的是旧式教育，但她的思想境界却十分开明，此间，不但积累了深厚的国学功底，更接受了西方先进的民主思想及科学文化，还接触到了英语。

谁说"女子无才便是德"？吕碧城小小年纪，就已显露出不凡。她不再满足于读书习字、抚琴作画，不再甘愿"养在深闺人不识"，她要走出家门，打破这陈旧的俗世观念，展现自己作为女子的独特风采，和七尺男儿一样平起平坐，共商国是。

4

然而，福无双至，祸不单行。

　　父亲过世的阴影还没有彻底从心底抹去，吕家便又遭飞来横祸。光绪34年（1908年），吕碧城25岁时，姐姐吕惠如已经出嫁，寄居安徽来安的母亲和幼女贤满，又遭到族人的欺凌。或许他们认为严氏手中还握有一些资产，必将竭取而后快，竟丧尽天良勾结那些觊觎已久的土匪绑架了严氏，将她幽禁起来。

　　情急之下，吕惠如、吕碧城姐妹俩四处写信，向父亲生前好友求援。所幸时任江宁布政使、两江总督的樊增祥与吕凤岐交情甚笃，眼见老友妻女落难，而吕家四女又颇受自己赏识，关键时刻樊增祥拔刀相助，特意从南京派兵到安徽，抓了犯事的土匪，将严氏解救于危难之中。

　　经历了这一番变故，吕家姐妹心中辛酸凄苦自不必多说。吕碧城的二姐吕美荪后来有诗描写当年离家的惨状：

　　　　覆巢毁卵去乡里，相携痛哭长河滨。
　　　　途穷日暮空踯躅，朔风谁怜吹葛巾。

　　父亲病故，母亲被囚，当所有的退路都被封死，吕碧城没有哀怨，没有哭泣，而是和姐姐一起奋起抗争，积极寻求外界援助，并最终获得成功。这份冷静和智慧，在严酷生活的磨砺下，显露出微微锋芒。这份毅然决然的抉择，和她父亲当年急流勇退遥相呼应。吕凤岐的铮铮傲骨以及风流才华，在吕碧城身上得到了最好的传承和验证。

5

　　吕碧城9岁那年，曾应父母之命，与同邑汪姓乡绅之子订婚。
　　那时，吕家家底殷实，富甲乡里，与这样的人家缔结姻缘，旁人自然趋之若鹜，求之不得。

　　然而，听闻吕家遭受如此变故，汪家不但没有出手相助，反而提出了退婚。理由是严氏被掳幽禁是件不光彩，有失名誉的事情。而且，吕碧城小小年纪便能"呼风唤雨"，竟使唤得江宁布政使、两江总督出面，将土匪拿住，解救了母亲，这也令"夫家"起了戒心。此女年幼便有此能耐，倘若入得家门，岂不上房掀瓦？断断留不得。无论怎样冠冕堂皇的理由，都不过是一个搪塞的借口。吕家落败，财产尽失，怕才是退婚的终极理由。

　　且不说那时女子订婚身不由己，退婚更被视为奇耻大辱。按照当时的风俗，女孩一旦订婚，便相当于许了人家。被退婚，你便是再好，恐怕也难觅得婆家。

　　面对汪家的薄情寡义，落井下石，严氏却只能打落牙齿咽肚默默承受。而吕碧城彼时心思谁人能晓！无尽的委屈，无数的酸甜苦辣，唯有自知，唯有自饮！

　　少年失怙，家产被夺、夫家退婚，对这段不堪回首的家庭变故，吕碧城在后来寄居天津塘沽舅家时，曾赋《感怀诗》二首：

　　　荆枝椿树两凋伤，回首家园总断肠。剩有幽兰霜雪里，
　不因清苦减芬芳。
　　　燕子飘零桂栋摧，乌衣门巷剧堪哀。登临试望乡关道，
　一片斜阳惨不开。

　　前一首暗指家中两兄弟不幸早夭，道出了当初家境之悲惨，但同时也表达了自己不为困境屈服的决心；后一首写到寡母孤女栖身之所

被族人强占，被逼离开故土寄居娘家的情形。少女时代的吕碧城，过早地经历了人世间的悲欢离合，也过早地看透了世态炎凉。

应该感谢苦难，在苦难中，吕碧城锻炼了自己应对困境的能力，也通过锻炼，让自己的心智变得更加坚强。她的心中自此埋下了一颗渴望自由的种子。她以为，女人若要在风雨尘世立足，必得自强自立。不依赖父母，不依赖婆家，不依赖男人，可依赖的，唯有自己。吕碧城日后在各个阶段、各个领域的成功，无不打上了这一时期思想特征的烙印，体现出她凡事自立自主、特立独行的鲜明个性。

退婚事件让吕碧城变得坚强，但无可否认的是，这一变故同样扭曲了她对婚姻的看法。退婚阴影始终在她心中无法抹去，小小的心房很难再接纳男人进来，进驻属于她的世界。好在苦难的经历给吕碧城抒写诗词以太多现实的素材，促使她"家事、国事、天下事事事关心"，并逐渐蜕变成为更加成熟、诗词蕴含更加深厚的女词人，在300年来的词界大放异彩。

第三章
叛逆——孤身出走

1

12 岁，那一年，对吕碧城来说，是她命运当中一个重大的转折点。她不再是温室里娇嫩的花朵，不再有父亲宽厚肩膀的庇护，而是一下子被抛到一个艰苦卓绝的新环境，凡事自力更生，接受前程路上一个又一个未知的艰巨挑战。

随母亲投奔天津塘沽舅舅严朗轩后，虽然身体逃离了困顿境地，暂时衣食无忧，但生性敏感的吕碧城仍然时时感到寄人篱下的痛苦。尤其是舅舅脑筋陈旧，封建家长意识浓厚，令人总感觉像被绳索束缚住了手脚，不得动弹，亦不能尽情开颜。陪伴她青春韶华的，是她这辈子丢不下、离不开的册册书籍，念念不忘的，仍是那些千百梦回的长短句。

光绪二十九年（1903 年）春，吕碧城 20 岁，已经出落得亭亭玉立，举手投足仪态万方，宛似一大朵浮出水面的白莲花，浑身散发出一股清新美好的气息。这样的女子远观养眼，待走近观其谈吐，精妙之词随口而出，耳听细语嘤嘤，养眼之外，倍觉养心。

"天然眉目含英气，到处湖山养性灵"、"冰雪聪明芙蓉色"，从时人所赠诗句，我们可想象出吕碧城当年之美貌。现代著名女作家苏雪林也曾誉其为"美艳有如仙子"，还把吕碧城一幅身着孔雀服的玉照挂在自己的房间日日观赏，足可见其对吕碧城虔诚仰慕之心。

2

在天津塘沽，吕碧城波澜不惊地度过了六七年最美好的少女时光。

18 世纪末 19 世纪初的西方，文化已经发展到了一个新的阶段，一场涉及社会深层变革和人性思想解放的文化运动——浪漫主义文艺思潮运动正开展得如火如荼，强调精神自由，强调对人性的彻底解放。越来越多先进的科学技术和进步的西方思潮潮水般涌向中国，改变着人们的思维，拓宽了原本狭隘短促的眼界。

彼时的中国，越来越多觉醒中的进步人士高举维新、变法之旗帜，主张社会变革，向西方国家学习，洋为中用。更有那些优秀的留洋学者，如梁启超、詹天佑、严复等，学成之后回国大力办学、讲学、建桥、铺路，给国人以新式教育的启蒙。

时事的变幻带给吕碧城巨大的冲击，眼见热血青年纷纷行动起来，而自己一个弱女子，空有一腔热忱，却苦于报国无门，心中郁闷无法抒发，遂成《老马》一诗：

> 盐车独困感难禁，齿长空怜岁月侵。
> 石径行来蹄响暗，沙滩眠罢水痕深。
> 自知谁市千金骨，终觉难消万里心。

回忆一鞭红雨外，骄嘶直入杏花阴。

一匹千里马，却被赶去拉盐车，这样的大材小用，这样的壮志难酬，怎不令人心戚戚焉！然后诗歌后半部却一扫阴郁，忆起当年"一鞭红雨外，直入杏花阴"的豪迈，涌动在内心的激情壮志，总会在某一个特定的时间点迸发，激起昂扬斗志，再一次，打马扬鞭，驰骋沙场。

3

光绪二十九年（1903 年）春天，严朗轩官署中方小洲秘书的太太要到天津去。

彼时的天津，因为靠近京城，各国租界也大多驻扎在这里，以自然科学和实用技术为核心的西方教育模式，许多西方教育先进的理念、方法、模式，已潜移默化地逐渐渗透进本土的教育。因为吕碧城受西方思潮影响，思想比较开放，也很容易接受新事物，一直向往着去天津新式学校就读，接受新式教育，便央求方太太带她一同前往。

谁料到临行前，吕碧城遭到了思想保守的舅舅的一顿臭骂。大抵是说女孩子家要守女孩子家的本分，裹胸缠足，相夫教子才不辱门庭。心高气傲的吕碧城一气之下，第二天竟只身离家出走，踏上了开往天津的火车。车轮咣当咣当，长长的铁轨通向未知的远方。到底前程是明是暗？等待她的会是什么？吕碧城不知道，也无从得知。

由于走得匆忙，吕碧城身上竟无分文，也没顾得上收拾行装。在她心中，唯一满载的，是她对封建旧式家庭的决绝，还有对女学的一腔热忱。

4

我们常常惊叹于世事无常，命运往往就在春风得意平步青云之时突遇寒流跌落谷底，也往往在仿佛到了绝境的时候峰回路转有如神助。吕碧城正是这样一个被上帝眷顾的幸运儿。在开往天津的火车上，身无分文的吕碧城遇到了一位贵人——"佛照楼"旅馆的老板娘。

我们不知道火车上吕碧城如何取得了佛照楼旅馆老板娘的信任和喜爱，或者说同情，无论是哪一种情绪，吕碧城的社交能力都堪称一流。不难设想，倘若她的个性懦弱、害羞封闭，又怎么可能有机会让陌生的旅人了解自己，接纳自己，帮助自己。佛照楼的老板娘不但资助吕碧城买了火车票，还把她带回家中暂时安顿了下来。

虽然有了遮风避雨的住所，但毕竟不是长久之计，总不能永远赖在人家，何况和人家还只是萍水相逢。没有经济来源，一切美好的愿景只能是梦中楼阁。在困境面前，吕碧城没有束手待毙。通过老板娘，她打听到方秘书的太太就住在《大公报》报馆中，于是提笔给她写信，讲述了自己离家出走的经过，约她见面商议女校之事。

说来也巧，这封信恰好被《大公报》的总理英敛之看到。

5

英敛之（1867～1926），字敛之，号安骞斋主、万松野人，满族正红旗。1898年前后受康有为、梁启超变法思想影响，开始评论国事，曾在澳门《知新报》上发表同情戊戌维新变法的文章。1902年在天津创办《大公报》，兼任总理和编撰工作。

乍见吕碧城书信上娟秀的字体，英敛之立刻就被吸引了。再将信件细细读来，不由得为吕碧城的文采所倾倒，那流畅的文笔，以及信中所言透露出来的那份志气，都深深打动了这位报社总理的心。

早在 1901 年，英敛之因筹办《大公报》，机缘巧合在上海遇见吕碧城的二姐吕美荪，对彼此的才情十分欣赏，遂结为好友，常有往来。此番见了吕碧城的书信，对她过人的胆识甚是赞赏，叹吕家两个女儿竟都拥有如此出众才华。爱才心切的英敛之再也坐不住了，这样难得的奇女子到哪里才能找得到呢？真是"踏破铁鞋无觅处，得来全不费工夫"啊！

他亲自赶到吕碧城住所与她见面，不但陪同夫人一道热忱邀请吕碧城去"佛照楼"吃饭，还请她去戏院看戏，并当即约定聘请她任《大公报》见习编辑，和方夫人住在一起。从此，吕碧城彻底和过去的那个柔弱小女子告别，走上了一条独立自主的人生之路。

6

离家出走，只有和过去的自己断然告别，才能开辟一片属于自己的自由天空。

留下来，只能走千千万万个平常女子都会走的一条路：寻一门亲家，等待夫君上门提亲，头顶红盖头，吹吹打打嫁入夫家，日后生七八个孩子，在婆家低眉顺从，相夫教子，做老老实实本本分分的媳妇，再没了自我，也无所谓快乐、无所谓理想。

很难想，倘若父亲不曾离去，吕碧城的一生，会以怎样一种形态呈现？在父亲的荫庇下，过着悠然自得的日子，琴棋书画，修身养性。或许会有人家不嫌弃她曾被退婚的过往，会结婚生子；也或许会成为芳名远播的诗词大家。但是，无论如何，她都不会成为现在的吕碧城——活得痛快自我，除了"三百年来最后一位女词人"，还拥有更多的身份：成功的商人、社会活动家、教育家、慈善家、动物保护者、佛学家。

感谢命运，给吕碧城一个和过去的小我彻底告别的机会。倘若不是父亲病故，倘若不是家产荡尽，倘若不是舅舅责骂，又怎会锻就她女儿身男儿心？怎能 12 岁救母于危难之中？怎会身无分文离家出走？

倘若没有那些痛彻心扉的变故，就像一个衣食无忧的天才儿童，又怎么能够享受颠沛流离的万千经历，有机会走出去到达更广阔的天地，放眼世界，忧国忧民？

第四章
绽放——报馆才女

1

　　　　寒意透云帱，宝篆烟浮。夜深听雨小红楼。姹紫嫣红零
　　落否？人替花愁。

　　　　临远怕凝眸，草腻波柔。隔帘咫尺是西洲。来日送春兼
　　送别，花替人愁。

　　吕碧城的这首《浪淘沙》，写得小巧精致，别有韵味。云帱，红
楼，流波，还有伫立的赏花人。花开自有零落日，人花相与愁。

　　樊增祥后来曾编辑出版吕碧城诗词，对这一首尤加赞赏，在这首
词旁批曰："漱玉（李清照曾著有《漱玉词》）犹当避席，断肠集
（宋代著名才女朱淑真词集名）勿论矣。"
　　所以，当吕碧城不假思索地，当着《大公报》馆英敛之夫妇及
众人的面书写下这一阕词，大家的目光不由得被眼前这个亭亭玉立的
小女子吸引去了，被她骨子里的如水柔情深深打动。

　　　　晦暗神州，欣曙光一线遥射。问何人，女权高唱，若安
　　达克？

雪浪千寻悲业海，风潮廿纪看东亚。听青闺挥涕发狂言，君休诧。

幽与闭，长如夜。羁与绊，无休歇。叩帝阍不见，怀愤难泻。

遍地离魂招未得，一腔热血无从洒。叹蛙居井底愿频违，情空惹。

这一阙《满江红·感怀》，一扫女儿我见犹怜之脂粉气，表达出她巾帼不让须眉、倡导妇女解放、爱国救民的豪迈之情。英敛之将吕碧城手书交予夫人爱新觉罗·淑仲，意味深长地勉励夫人与吕碧城同心协力，为妇女解放事业并肩战斗。

2

吕碧城就职的《大公报》，始创于 1902 年 6 月 17 日，由当时在北洋水师学堂任教的严复、天津元庆木场的王郅隆、法国主教樊国梁等出资，英敛之任报社总理兼编辑。《大公报》的办报宗旨是：开风气，牖民智，挹彼西欧学术，启我同胞聪明。

报社总理英敛之，本身就是个嫉恶如仇、敢做敢言之人。他曾冒着被砍头的危险，在报上刊发《论归政之利》，吁请慈禧太后归政于光绪皇帝，也曾在报上历数贪官污吏和暴发户的斑斑劣迹，还接连发表社论，指责八国联军在中国犯下的滔天罪行。

吕碧城所书的那阙《满江红·感怀》，英敛之阅过后，第二日便将它发在了《大公报》上，并借夫人淑仲的名号"洁清女史"附跋语于后：

　　"历来所传闺阁笔墨，或托名游戏，或捉刀代笔者，盖
往往然也。昨蒙碧城女史辱临，以敝蓬索书，对客挥毫，极
淋漓慷慨之致，夫女中豪杰也。女史悲中国学术之未兴，女
权之不振，亟思从事西学，力挽颓风，且思想极新，志趣颇
壮，不徒吟风弄月，橘藻扬芬已也。裙钗伴中得未曾有。予
何幸获此良友，而启予愚昧也？钦佩之余，忻识数语，希邀
附骥之荣云。"

　　跋语高度赞誉了吕碧城的文思精妙，以及她忧国忧民的拳拳之
心，并以"裙钗伴中得未曾有"作评价。这些充满豪情壮志的句子
今天读起来，也给人荡气回肠的感觉。此等高度，之前不曾有过，之
后也不会再有。

　　《满江红·感怀》成了吕碧城的成名作。那些从肺腑中发出的
"男女平等""妇女解放"的呐喊振聋发聩，在极端保守的社会犹如
巨石投水，激起千层浪，吕碧城一下子被推上了风口浪尖，成为轰动
一时的焦点人物，被万千民众热烈谈论。那时候，还鲜有女子出来做
事的先例，绝大多数女子都是围着丈夫孩子转的贤妻良母。吕碧城不
但出来在报馆做事，更令人惊讶的是，她的诗词功底竟如此了得。

　　一个拥有倾城容貌的女子，一个才情满怀的女子，一个思想进步
的女子，吕碧城将这三者很好地糅合在一己之身，以自己的实际行动
向世人证明：女子也能走出家门，凭借劳动养活自己，并且凭借自己
的才智为社会做贡献！

3

　　吕碧城到《大公报》就职，没有辜负英敛之的期望，不但出色

地完成了各项采访任务，还接连写出了一系列影响深远的诗词。

> 眼看沧海竟成尘，寂锁荒陬百感频。
> 流俗待看除旧弊，深闺有愿作新民。
> 江湖以外留余兴，脂粉丛中惜此身。
> 谁起民权倡独立，普天尺蠖待同伸。

这首诗恢弘大气，虽然作者是一钗裙女子，但仍关心时政，对时弊忧心忡忡，倡导民权独立，并发出"深闺有愿作新民"的呼号，令一众男子深叹不如。

> 旗翻五色卷长风，万里波涛过眼中。
> 别有奇愁消不尽，楼船高处望辽东。

吕碧城作此《舟过渤海口占》诗时，正值 1904 年，"日俄战争"前期。无能的清廷竟然把辽河东西划分为"战区"和"非战区"，让日、俄两国在国土上争夺权益，自己则保持所谓的"中立"。

吕碧城乘船过海，万里波涛中，眼望列国船只上五色旗帜翻卷，想到清廷不顾国民死活，一味忍辱偷生，拱手退让，任列强在国土上烧杀抢掠，胡作非为，心中不由得悲戚难平，愁绪万千。站在楼船高处远望辽东，那本来是我们自己的国土啊！如今，它还姓"中国"吗？

《舟过渤海口占》诗一出，又引起了一阵轰动，应和者众多。直隶学务处官员傅增湘亲自接见了吕碧城，称赞她"才识明通，志气英敏"。"寿椿楼主"的四首和诗最具代表性：

鱼龙争长扇腥风，谁陷辽民水火中？渤海茫茫百感集，
放怀欲鸣大江东。

一枝彤管挟霜风，独立裙钗百兆中。巾帼降旗争倒置，
焕然异彩放亚东。

女权发达振颓风，刀破厄言主馈中。学界乾坤原一体，
迷航从此渡瀛东。

下田歌子此其风，人格巍然女界中。教育热心开化运，
文明初不判西东。

是啊，就算是一个体格健硕的男子，也未必能做到像吕碧城这
样，关心国事，把国家的安危和民众的疾苦时刻记挂在心上。吕碧城
的声名，仅仅在于她端庄贤淑的容貌，还有才华卓绝的诗词吗？恐怕
不是。

国人纷纷应和，其中不乏赶热闹的，但更多的人，看到的是吕碧
城的一颗赤子之心。在清朝末年，国人封建思想根深蒂固，谁敢跳出
来开风气之先，呼吁女权，呼吁平等？而吕碧城就那么大胆地站了出
来，在一份公开的报纸上，说别人不敢说的话，做别人不敢做的事，
这是怎样的一份勇敢和无畏！那些胆小瑟缩，仿佛得了软骨病的男
子，那些"商女不知亡国恨，隔江犹唱后庭花"的女子，在吕碧城
面前，恐怕也要汗颜了吧？

接着，英敛之又连续编发了吕碧城的《论提倡女学之宗旨》《敬
告中国女同胞》《远征赋》《兴女权贵有坚忍之志》《教育为立国之
本》《写怀》《七绝三首》等诗文。英敛之还把带吕碧城去照相馆拍
的几帧照片附了上去。

那洋洋洒洒激扬文字，忧国忧民的情怀，那洋溢着青春的姣好面

容，令多少人惊羡不已，一时间吕碧城声名鹊起，京津一带造访她的人络绎不绝，众多报界名人乃至政府官员纷至沓来，甚至日本都有人慕名远来与之笔谈。袁世凯之子袁克文、李鸿章之子李经羲等人都纷纷投诗迎合，一时间，京津文坛形成众星捧月之局面。连吕碧城自己也不无得意地说："由是京津闻名来访者踵相接，与督署诸幕僚诗词唱和无虚日。"而《大公报》的《杂俎》一栏简直就是为吕碧城和她的唱和者所设。

63 岁高龄的慈禧太后画师缪嘉惠赋诗与吕碧城唱和：

飞将词坛冠众英，天生宿慧启文明。
绛帷独拥人争羡，到处咸推吕碧城。

雄辩高谈惊四筵，峨眉崛起说平权。
会当曲蘖同伸日，我愿迟生五十年。

《大公报》为吕碧城提供了一块巨大的舞台，她深厚的诗词造诣在这里得到了充分的发挥，她的傲人才情在这里得到了尽情的绽放，这里也成为她为女同胞疾呼战斗的阵地和堡垒。吕碧城第一次，在男权当道的封建社会，在只有男人涉足的公共社交领域，发出了女人坚定的声音。这声音那样清脆，仿佛凤凰一飞冲天，惊艳了世人的眼目。

在吕碧城窘迫危难之际，《大公报》给了吕碧城一份赖以生存的饭碗。但是，在《大公报》从 1902 年发行至今 110 多年的历史进程中，吕碧城，这个民国传奇才女，无疑也给报纸留下了浓墨重彩的一笔。

4

在慕名而来的追随者中，除了报界名流、政府要员，还有一位名垂青史的革命志士——"鉴湖女侠"秋瑾。

秋瑾，工部主事王子芳的夫人。早在认识吕碧城之前，在京就已经以"碧城"为号赋诗作词，在文人圈中早已颇有名气。但当她无意中看到《大公报》上吕碧城的作品后，不由心生敬意，"慨然取消其号"，从此再不用"碧城"。

秋瑾与吕碧城初见，从外貌上来看格格不入：秋瑾虽然人长得也漂亮，但性格豪爽如男人，打扮上亦如男人，身披长袍马褂。而吕碧城则打扮入时，女人味十足。然交谈之后，两个"碧城"心中竟然都惺惺相惜，恨何不早日相逢？

天津一见，秋瑾与吕碧城相见恨晚，当日两人便抵足而眠，深谈至天明。共同的兴趣爱好，共同的志向把她们紧紧系在一起，亲如姐妹，难舍难分。那一夜，她们谈了什么，我们不得而知。不过，可以想见的是，她们不仅会谈论诗词的精妙所在，也会谈当下国情、家情、爱情，更会谈女性解放，谈理想，谈彼此心目中对未来设定的目标。

相见的美好时光总是那么短暂。多想让时间指针在这里停留一会儿，再停留一会儿。人生难得一知己，这个知己就要东渡日本，还不知下一次相见会在何时何地。请多给我们一点相处的时间，让我们多说几句知心的话儿。就让她带上我满满的情谊远走他乡，在异乡陌生的冷风里，给予她昨夜被衾的一丝余温吧！

只可惜，吕碧城与秋瑾的情谊，持续的时间并不长久。天津一别，秋瑾东渡日本，继续她的革命追求。而吕碧城则留在天津，继续为《大公报》撰稿，继续宣扬女子教育新思想，为新办女学奔走呼号。

秋瑾从日本回国后，因为参与了安庆暴乱，不幸被捕杀害，一代女侠就此香消玉殒。听闻此消息，吕碧城回想起两人曾经的深厚友情，对秋瑾遇难不禁无限悲伤。事后，她用英文撰写了一篇《革命女侠秋瑾传》，由凌楫民推介，发表在美国纽约、芝加哥等地的报纸上，揭露清朝政府的黑暗腐败，介绍了革命英烈秋瑾的传奇人生，在国际社会引起了颇大反响，以致当时的直隶总督袁世凯一度起了逮捕吕碧城的念头。只是因吕碧城享有盛名，又找不到更多的借口，才没有施行。

> 寒食东风郊外路，漠漠平原，触目成凄苦。日暮荒鸥啼古树，断桥人静昏昏雨。
> 遥望深邱埋玉处，烟草迷离，为赋招魂句。人去纸钱灰自舞，饥鸟共踏孤坟语。

一阕《蝶恋花》，几许离愁别绪！曾经的闺中密友，如今身埋黄土，再怎么呼号也唤不回来了。

那一个"碧城"走了。那么，今后，还会有谁懂我？陪我在同一个被衾里，窃窃私语到天明？

1916 年秋，吕碧城与好友袁克文、费树蔚等诗友游杭州，路过西泠桥畔的秋女侠祠，回想曾经与秋瑾的一番交情，对秋瑾英年早逝不胜唏嘘，遂写下《西泠过秋女侠祠次寒云韵》一诗：

　　松篁交籁和鸣泉，合向仙源泛舸眠。负郭有山皆见寺，
绕堤无水不生莲。

　　残钟断鼓今何世，翠羽明珰又一天。尘劫未销惭后死，
俊游愁过墓门前。

　　逝者长已矣，生者如斯夫。逝去的人，就让她在西湖水的柔波
中静静安息吧。而活着的人，却仍旧要面对世间种种。总有一天，
我们也会撒手人寰，埋入黄土。那么，又会有谁经过我的墓前，为
我默默凭吊呢？

第五章
觉醒——女权解放

1

"今顽谬之鄙夫，闻兴女学、倡女权、破夫纲等说，必蹙额而告曰：'是殆欲放荡驰驱，脱我之羁轭，而争我之权力也。'殊不知女权之兴，归宿爱国，非释放于礼法之范围，实欲释放其幽囚束缚之虐权。且非欲其势力胜过男子，实欲使平等自由，得与男子同趋于文明教化之途，同习有用之学，同具强毅之气。使四百兆人合为一大群，合力以争于列强，合力以保全我四百兆之种族，合力以保全我二万里之疆土。使四百兆人，无一非完全之人；合完全之人，以成完全之家；合完成之家，以成完全之国。其志固在与全球争也，非与同族同室之男子争也……自强之道，须以开女智、兴女权为根本。盖欲强国者，必以教育人才为首务……"

1904 年，吕碧城刊于《大公报》的《论提倡女学之宗旨》一文，旗帜鲜明地提出了新办女学的意义所在。认为女子于男子，正如民之于君，有如唇齿之相依：

君之愚弱其民，即以自弱其国也；男之愚弱其女，即以自弱其家也。

吕碧城并没有接受过系统而完整的学校教育，但是她却对新办女学有自己独到的见地和一套切合实际的管理思想。她提出，新女学首先要重母教："固有贤女而后有贤母，有贤母而后有贤子，古之魁儒俊彦受赐于母教"。

她还认为，若要"成完全之国"，必不分男女，全民施以教育，以开国民心智，合君民男女，发深省，协力以图自强。她第一次把兴办女学，提升到关系国家兴亡的高度，这是何等远大的眼光！

她还提出，女子教育应当"德、智、体"全方位发展，并且"德"育首当其冲。若不重视德育，只授以具体知识技能，只能"济其恶，败其德"。在人格健全的前提下，吕碧城还重视"体育"，让女子冲破束胸缠足的禁锢，健康体魄，愉悦身心。

吕碧城这番言论，完全出自内心，是她真实情感的自然流露，也是对她少年时期父亲死后，母女被族人欺凌的恶俗风气的觉醒和大力抨击。她深切认识到，"女子无才便是德"是对女性的最大蒙骗和欺凌。女人只有开了心智，能作为一个人和男人平起平坐，才能获得思想和行动上的最终自由。也只有四万万同胞团结一心，才能尽四万万同胞之合力，增强国力，攘外安内，稳固疆土。

2

吕碧城在天津住了几日，便要回塘沽探望舅舅，以表达贸然离家出走的歉意。而且，《大公报》总理英敛之已然待她太好，她只怕自己消受不起。

哪知，就在吕碧城返家之时，舅舅严朗轩却因事被人弹劾，不但丢了官职，还遭受了处分，再也无力留吕碧城在家寄宿了。

何去何从？在天津的几日经历，已然让吕碧城眼界大开，她早已习惯了在大城市的灯红酒绿里施展拳脚，再也不愿意回到故乡那个闭塞落后的小村庄。该如何是好呢？作为一个年轻女子，教书是再稳妥不过的选择。以吕碧城的国学水平，旧时私塾已不能满足她继续深造的远大抱负。办新学，才是她努力的目标。于是，她再一次把求助的目光投向了英敛之，给他连发了两封信。

孤身一个弱女子，舅舅那里早已没有了退路，必须要依靠自己一己之力谋得一份生计，养活自己。在家靠父母，出门靠朋友。只好求助于这位兴趣爱好相近，有共同志向的朋友。

3

古道热肠的英敛之起初通过傅增湘夫人黄守渊，与吕碧城一同去北洋银元局总办找周学熙帮忙，却因各种原因未能如愿。

舅舅严朗轩听闻消息，特意从塘沽赶来天津，到报馆找英敛之，请英敛之夫妇二人为侄女之事代为尽心。

吕碧城大姐吕惠如听到妹妹"皆为看女学堂事，而无人肯出首"，也来到天津一探究竟。吕惠如与英敛之夫人爱新觉罗·淑仲一见如故，遂结为金兰之好。英敛之安慰姐妹二人："女学不必大办，但求先有萌芽大佳，诸事从简，自易成耳！"这一次，他介绍吕碧城认识了直隶学务处总办严修。

严修（1860～1929），字范孙，号梦扶，别号偍屃生，天津人，祖籍宁波慈溪县。中国著名教育家，与华世奎、孟广慧、赵元礼共称近代天津四大书法家，与张伯苓同为南开系列学校的创始人之一，被称为"南开校父"。曾任翰林院编修、贵州学政、学部侍郎。英敛之推荐吕碧城时，因为在《大公报》的斐然成就，吕碧城在天津早已家喻户晓，成为活跃在上层社会的风云人物。所以，严修向袁世凯举荐吕碧城协助傅增湘筹办女学的时候，袁世凯直接就照准了。

4

世间万事，往往就是那么神奇。你朝着某个方向一直走一直走，走到几乎不能再走，仿佛就没有可走之路，就要灰心丧气缴械投降之时，陡然峰回路转，一大片萋萋芳草地在你面前展开。

我们每个人，在命运面前，同样的，挫折在所难免。当挫折呼啸着向你袭来，你所要做的，是迎面向它去，毫不退缩。那阵呼啸的狂风，便会从你耳边呼啸着狂奔而去，它只配掀起你耳边的几缕发丝。

创办女校，毕竟不是一件容易的事。没有前人，没有经验，没有借鉴，一切全靠自己。这其中，吕碧城经历了许许多多的艰辛。好在有英敛之等人多方奔走，热心帮助，才不至于手忙脚乱失了方寸。

1904 年 5 月，是英敛之、吕碧城为筹办女校事最为繁忙的月份。拟章程、筹经费、搞注册、邀董事、订会议、觅校舍、聘教习、访教育，每天的日程安排得满满的，终于，经过两个月的奔波劳累，办学之事以 7 月 14 日议事会定下最终方案。确定了办学章程、校舍、捐款代理人、女教习延聘等事宜。

5

几十名女学生陆陆续续招来了。

1904 年 11 月 7 日，"北洋女子公学"开学典礼热热闹闹地办过了。

学生们行过孔子礼，坐在教室里安安心心上课了。

站在那些稚嫩的面孔面前，面对一双双懵懂的，充满渴求的眼睛，此刻，"总教习"吕碧城的内心又在想些什么呢？

是否想起了她命运多舛的童年？是否暗下决心，要用毕生的精力为教育事业奋斗，启蒙女学生心智，促使她们内心的觉醒，培养她们的生存技能，增强她们战胜苦难的能力？

无论当时的吕碧城如何想，她都不愧是一个开中国教育先河的佼佼者。"张女权，兴女学。"解放妇女，争取男女平等权利，给女子受教育的平等权利，吕碧城想到了，不但想到了，还做到了。

那一年，吕碧城才刚刚 21 岁。

21 岁，就成为了中国教育史上，第一个女子总教习。两年后，成为"北洋女子师范学堂"第一个女监督，即女校长。

很难想象，一个 21 岁的女子，一个有着倾城容貌的女子，她没有依仗姣好的容貌成为交际花，也没有嫁入富贵人家，却矢志办女学，并且奇迹般地办成了。我说是奇迹，的确，这在当时的社会，几乎是不可能的事。而吕碧城，就那么神奇地，把不可能变成了可能。说她是民国第一奇女子，应当是实至名归。她，绝对当得起。

6

吕碧城办女学，其间也发生了一些有趣的小插曲。

因为吕碧城筹办女学人手和精力都不够，袁世凯命令被免职的舅舅严朗轩协助吕碧城共同筹办。当年是舅舅反对吕碧城来天津探学，如今却要在自己的侄女手下打工，协助其办学，岂不可笑？也难怪，堂堂一个舅老爷，竟然受命于自己的侄女，成何体统？这张老脸往哪里搁？想来严朗轩干得郁闷，没几天就辞职不干回去了。

吕碧城在天津办"北洋女子公学"，她的三个姐妹纷纷来帮忙，在公学里皆任教习之职。日后，其他三姐妹也毫不示弱，在各自的领域独领风骚。大姐吕惠如，应东三省总督赵尔巽之邀，赴奉天女子师范学堂任职，1907 年转赴南京任江宁国立女子师范学校校长，有"巾帼宿儒"之称；二姐吕美荪在大姐赴南京任职之际，赶赴奉天女子师范学堂，任教务长兼中日合办女子美术学校名誉校长；四妹吕坤秀于辛亥革命后，赴厦门师范学校任教。

吕氏四姐妹，就像四朵盛开的鲜花，璀璨夺目，各自展现出不同的才华风姿，为中国大地的女学平添了许多生气。尤其是吕碧城，更被总统府秘书沈祖宪喻为"北洋女学界的哥伦布"，称她"功绩、名誉百口皆碑"。时人谈到吕氏四姐妹，无不啧啧称赞，真是中国教育史上一段佳话。

封建社会的普通人家，能出一个才女已属不易，更何况一家四女皆有此成就？父亲吕凤岐若九泉下有知，怕是要开怀大笑，频频颔首了吧？母亲一生遭遇坎坷，然而四个女儿却各自争气，倒也不枉当初她处处隐忍，悉心栽培吧？

7

"北洋女子公学"在短短 6 个月成功创办，不可否认，吕碧城倡办女学的思想和动议起了至关重要的作用，但是，实事求是地说，离开一众热心人士的帮忙，无论如何，凭她一己之力，是无论如何完成不了这件事情的。

吕碧城办新学，虽是奉命行事，但真要执行起来，还是困难重重。当地的一些官绅看到一介女流在外抛头露面，觉得十分稀罕，生怕卷进这件事情招来什么闲言碎语，更怕将来要承担什么责任，故畏畏缩缩，不敢伸头。

但是，仍有一批社会贤达人士看到了新办女学的重要性，受感召于吕碧城的倡议，纷纷捐资办学，甚至亲力亲为参与其中，如袁世凯、唐绍仪、傅增湘、英敛之、严修、林墨青、方药雨、卢木斋、梁士诒、姚石泉等等。

在"北洋女子公学"办学宗旨上，负责筹办的几位创始人曾经有过一段分歧。傅增湘主张官办，模仿日本贵族女校办学模式，只收官绅人家子女；英敛之和吕碧城却主张民办官助，给更多的人同等受教育的机会。最终，他们的坚持占了上风，袁世凯、唐绍仪支持公学民办，由政府来津贴。袁世凯还拨款千元作为开办经费，唐绍仪也答应每月资助经费百元。

从"北洋女子公学"走出来的名流人物，虽屈指可数，但每一个都是人中翘楚。民国成立后，该校停办，后改名为"河北女子师范学校",第一期师范科卒业的毕业生周砥,日后成为民国总统冯国璋的夫人。民国总理黄郛夫人沈亦云、共和国总理周恩来夫人邓颖超、鲁迅夫人许广平等都是该校毕业生,可见吕碧城当初兴办女学,圆满地达到了她最初的目的,培养出了一大批有学识、有贡献的女学生。这些女学生在她们日后的人生舞台上,又纷纷成就了自己的一番事业。

"北洋女子公学"创办之后,吕碧城还协助筹办了天津河东女学堂,收纳贫家女孩,还在天津增设五间女子小学堂以及保姆讲习所、善育女学堂等。这些举动,在当时的中国无疑是开风气之先,有力地带动了直隶省乃至全国的女子教育事业蓬勃发展,为五四运动造就了众多的革命女性。只是,筚路蓝缕,冷暖自知,在成功的背后,有谁看得到吕碧城为之付出的全部心血?

第六章
情殇——与爱绝缘

1

其实，若是没有吕碧城的出现，《大公报》总理英敛之和原配爱新觉罗·淑仲的婚姻还算是比较圆满的。从现代人的角度来看，英敛之和爱新觉罗·淑仲属于"自由恋爱"类型，是有一定感情基础结合成婚的。

爱新觉罗·淑仲是一位皇族将军的女儿，在跟教书先生读书时与英敛之相识相爱。经教书先生撮合，两人终于喜结秦晋之好，婚后有了儿子英千里。现代中国著名翻译家、表演艺术家英若诚，便是英敛之的孙子。

爱新觉罗·淑仲出身名门，面容身段均属上等，吟诗赋词也算佼佼者。

只可惜，英敛之遇到了吕碧城，爱新觉罗·淑仲便"不战而败"。

2

男女之间的情意，有时候，很难解释得清。

就是那么奇怪，万千人之中，你一眼瞧见的那个人，心中怦然一跳，便是她了。

一见钟情。从此你的眼，你的心，你的魂，你的人，分分秒秒围着这个人，看着她，想着她，念着她，爱着她，即使她嗔你，厌你，恼你，骂你，仍不怨，不躲，不离，不悔。

我们可以回想一下初见吕碧城写给方小洲太太的书信时，英敛之急急奔去相见的激动之情。他请她在"佛照楼"吃饭，去戏院听戏，乘人力车游览天津"芥园"，去照相馆拍照，还花了四元钱（在当时的四元钱可绝非小数目）给她买了香皂、香水。他把她的作品，一股脑儿搬上了报纸，还亲自为之附跋语。他为她引荐津门政要名流，把她引领上了一条光明灿烂的大路。他编撰《吕氏三姐妹集》，收录了吕碧城诗八首、词六阕、文赋各一篇。在序言中，他大赞吕碧城诗词"清新俊逸，生面别开"，令中外名流"目为硕果晨星，群相惊讶。"他为她肝脑涂地，鞍前马后，做了那么多，而毫无怨言。

这是何等的甘心情愿！

想来，英敛之平日看吕碧城的眼神，也必是含情脉脉的吧？否则，为何吕碧城来《大公报》方才六日，爱新觉罗·淑仲便知趣地要进城读书？

英雄爱美，英雄救美，从古至今，从未跳出这道规律。美人一笑百媚生，美人一笑千黄金，美人一笑赛珠箔，更有美人一笑江山倾，并非绝无仅有。自古便有，今后也还会有。

且看英敛之1904年5月13日的一篇日记：

五点起，信笔拟填：

稽首慈云，洗心法水，乞发慈悲一声。秋水伊人，春风
香草，悱恻风情惯写，但无限悃款意，总托诗篇泻。

莫误坐，浪蝶狂蜂相游冶。叹千载一时，人乎天也。旷
世秀群，姿期有德，传闻名下。罗袂琅琅剩愁怀，清泪盈把
恐一般。

怨艾颠倒，心猿意马！午后，内人、吕碧城等楼上
写字。

内人闲谈近两点，伊欲进京读书。

好一个"怨艾颠倒，心猿意马"八个字，却是彻彻底底出卖了
他内心隐藏的情感。聪明若吕碧城，她又怎么可能对他的心事视而不
见呢？

3

只是落花虽有意，流水却无情。

面对英敛之为自己所做的一切，面对他隐忍但炽烈的感情，吕碧
城并非不知晓，并非不感激，也并非因为英敛之和自己多达 16 岁的
年龄差异。

不爱就是不爱，没有任何理由。

没有人猜得到吕碧城的心事。

或许，少年时代的苦难，早已在她的头脑里烙下抹不去的烙印。
被夫家退婚的奇耻大辱，至今没能彻底从她的记忆里烟消云散。她不
愿去相信爱，不敢接受爱，更不轻易主动向人示好。她害怕失败，害
怕再次被抛弃。

她宁肯做一棵挺立的橡树，不像那些细若游丝的藤蔓，依附大树才能生长。她要凭借自己的努力去发展，去为自己的人生，为将来打拼，用力长出脚下的根，深深扎进泥土，给树干和树叶提供充分的营养，让自己看起来枝繁叶茂。你可以欣赏我，景仰我，但你不可以揽我入怀。除非你将我一折两段，或者，连根拔去。

4

许是因为对英夫人有些愧疚，吕碧城决定暂时回天津塘沽舅舅家一趟。舅舅毕竟是舅舅，对自己有六七年的养育亲情，此番回去，一来算是对离家出走表示歉意，二来也是为了回避英敛之如火的热情，让他失去理智的大脑暂时冷却下来。

这一招果然见效。吕碧城离开天津后，爱新觉罗·淑仲赌气似的拼命读书、习字，倒让英敛之心生悔意。吕碧城离开天津，已经表明了她的态度。心若明镜的英敛之面对妻儿，终于收起那颗热情泛滥的心，冷静下来。

发乎情，止乎礼，英敛之是明智的。

或许，佳人就像出水芙蓉，只可远观，不可亵玩。爱她，未必要得到她。她就在那里盛开着，如果你愿意，随时可以静静地陪伴，静静地观赏，静静地闻香。但倘若你折她在手，或许这朵莲，就不再是水塘中你看到的那一朵。

花已非花。心境，也不再是原来的心境。

何必破坏那一份原本的美好？

刹那即永恒。曾经有过的热烈，在彼此心中早已沉淀、定格，即使岁月悠长，也改变不了你在我心目中曾经的模样。

5

按道理说，英敛之对吕碧城是有再造之功的。若非他慧眼识珠，救吕碧城于水火之中，如今吕碧城在哪个角落里哀哀哭泣还不得而知。若非他古道热肠，大力提携，又怎会有吕碧城如此的发放异彩！

于情于理，吕碧城都应当对英敛之感激涕零，倾力报答。然而，事实却并非如此。

吕碧城因舅舅的一顿责骂，就负气离家出走，足可见其性情之刚烈。在与人交往的过程中，她往往固执己见，不能很好地照顾他人情绪，不懂退让，常常令自己与旁人关系弄得很尴尬。即便与有恩于己的英敛之之间的交往，也常有冲撞，慢慢两人之间产生了不可缝合的裂缝。

吕碧城与英敛之在办报、办学等很多方面都有共同点，他们之间的矛盾，大抵在于思想观念上的分歧。吕碧城出身官绅人家，饱读诗书，中西方文化都有所涉猎，思想比较激进，言论比较大胆，穿着打扮也很新潮，甚至奢华，而英敛之出身平民，受儒家思想影响较深，相对来讲就比较保守，尤其看不惯吕碧城的招摇打扮。吕碧城对日本素无半点好感，但英敛之却言："中日两国诚有唇齿辅车之势，合之两美，离之则伤。"吕碧城对腐败懦弱的清廷极尽嘲讽挖苦之能事，为推翻清廷统治，建立民国而拍额称庆，而英敛之则不以为然，在他看来，所能做的，最多也就是撰文批评批评，指望朝廷除旧革新罢了。

1918 年，吕碧城游颐和园时，见万寿山排云殿内悬挂着慈禧太后的大幅画像，遂填《百字令》一阕登在报上，讥讽慈禧太后主宰朝政半个世纪，却把个中国搞得乌烟瘴气，大量的边疆领土和国库银元都被拱手送给了列强，百姓生灵涂炭，国不为国，家不为家，倘若她的游魂在地底下遇到吕后、武则天，恐怕都会自愧不如：

> 排云深处，写婵娟一幅，霓衣耀羽，禁得兴亡千古恨，剑样英英眉妩。遮罩边疆，京垓金币，纤手轻输去。游魂地下，羞逢汉雉唐鹉。
>
> 为问此地湖山，珠庭启处，犹是尘寰否。玉树歌残萤火黯，天子无愁有女。避暑庄荒，采香径冷，芳艳空尘土。西风残照，游人还赋禾黍。

此文一出，天下震惊。彼时光绪皇帝与慈禧太后相隔几天先后亡故，清朝政府正六神无主，惶恐不安。这时候竟有人敢如此羞辱老佛爷，简直是吃了豹子胆。事后很久，才知道此文正是出自吕碧城之手。也只配有吕碧城，才能如此畅快淋漓，把个慈禧太后轻轻玩弄于股掌之中。这番胆量，英敛之是绝对赶不上的。对吕碧城常常萌发的近乎"玩火"的激进言论，英敛之时时与其争论，不欢而散。

其实，从后人的角度来看，吕碧城与英敛之之间的矛盾，除了性格不合之外，应当算不得什么男女之间的矛盾。造成他们之间矛盾的，其实是那个时代，那个社会。时局动荡，有人为革命抛头颅洒热血，有人大发国难财，有人巴结列强，有人明哲保身。不同的政治态度，踏上的，必定是截然不同的道路。"道不同不相为谋"，再加上历来已久"文人相轻，自古而然"，隔阂必然难免。

6

英敛之与吕碧城之间越行越远，甚至在其日记中，常记录有不满之词:"甚不合""甚烦闷"等等。奇怪的是,与此同时,英敛之对吕碧城的二姐吕美荪却好感日生。

1906年,吕碧城担任"北洋女子师范学堂"监督时,二姐吕美荪赴津任北洋女子公学总教习。英敛之第一次见她,日记记载道:"眉生(吕美荪又名眉生)自予夫妇相遇,性情投契,俨如骨肉,相处百余日,不惟无厌意,而甚恨时日之短促。"

吕美荪来津后,外出被电车撞到,造成左手腕骨折住进医院。英敛之专门请了医生平贺为其医治。吕美荪住院的四个月间,英敛之一日数次赶往医院探望、照料,有时甚至深夜仍不归。

1907年4月,英敛之辑其自为文名曰《也是集》,吕美荪为其作序。英敛之称:"吾辈交谊,较庸俗超过万万。"同年,吕美荪离津赴奉天女子师范学堂,次年,英敛之特意赶去奉天探望,对吕美荪教育成果大加赞赏,夸赞"女学二百余人彬彬颇有进步",两人还互相探讨诗词。至于吕美荪与先生朱翰章秘密结婚,未告知英敛之,两人关系一度冷淡,及后又和好如初,在此不予赘谈。

7

1908年,英敛之在《大公报》撰文云:"招摇过市,不东不西,不中不外,那一种娇艳的样子,叫人看着不耐看。"

吕碧城恰好便是英敛之笔下"招摇过市,不东不西,不中不外,娇艳样子"的典型。她个性开放,受新风气影响,穿着打扮十分新潮。她喜欢穿绣有大幅孔雀的薄纱舞衫,黑色方领薄纱,胸前及腰以下绣孔雀翎,头上插翠羽数枝,美艳有如仙子,霸气而张扬,引得多少路人侧目、忌恨。也只有自信如吕碧城才敢于如此穿着打扮。孔雀是美丽的，只有美丽的女子才配得上美丽的装饰，就是要让众人看到我的美丽，是如此与众不同。你可以艳羡，但绝对无法模仿。因为你不是吕碧城。

吕碧城看到英敛之所撰之文，理所当然以为是在影射自己，旋即在《津报》上撰文反击。后又来信，洋洋千言，为自己分辩。英敛之也回复千言反击，两个人你来我往，非要辩出个是非对错。是非对错没有辩出来结果，昔日亦师亦友的情谊，却在这争争吵吵中被消磨得干干净净。吕碧城从此"永不来馆"，再也没有踏进《大公报》馆。及至后来英敛之接吕美荪出院，遇见吕碧城，"觉其虚骄刻薄之态极可鄙"，竟不愿与之言语，两人至此绝交。

其实，哪有那么多是否对错可辩呢？在男女的相处中，没有谁会是真正的赢家。或许你的观点是正确的，在争执中占了上风，但是，实际上，你还是输了。吕碧城太过心高气傲，她忘记了英敛之比自己大 16 岁，也曾待自己不薄，本应该多一些尊重。而英敛之也忘记了吕碧城小自己 16 岁，还正年轻气盛，本应该多几分忍让。

真若如此，两人之间岂不相安无事？但事实却是，谁也说服不了谁，谁也不让谁，到最后不得不分道扬镳。

曾经的相识相知，曾经的鼎力相助，曾经的并肩同行，如今却成为陌路。岁月变迁，人与人之间的情谊，在一步步摆好的命运棋盘面前，竟显得如此不堪。

这让我想到了纳兰容若的那一句"人生若只如初见"。

初见，必是一个个绝美的瞬间。一见倾心的情怀，相见恨晚的懊丧，终遇知己的欣慰，两下里独到的欣赏。他是寒门苦读的书生，她是官宦之门的千金，他是风流倜傥的才子，她是才情横溢的佳人。只惊鸿一瞥，便惺惺相惜，心生爱慕。

人生若只如初见，倘若时光停留在"初见"，刹那即永恒，爱，永不褪色。时光之轮定格在初见的那一霎，泼墨便成一幅隽永的画面。再无失宠，再无红颜命短，再无夫妻反目，再无"恨不相逢未嫁时"，再无"执手相看泪眼，竟无语凝噎"的悲凄，再无"从别后，忆相逢，几回魂梦与君同"的怅然。有的，只是初见的销魂。

初见的你，初见的我，初见的欣喜。

8

吕碧城与袁世凯二公子袁克文之间亦师亦友、半真半假的一段感情，被后人极尽猜测，却终究猜不出个所以然来，遂成一段悬案。

若要论吕碧城与袁世凯结交的渊源，要从秋瑾遇害说起。

那年秋瑾与吕碧城在天津相见之后，便东渡日本游学，两人一直书信不断。其间，她给吕碧城寄来了几份文稿，吕碧城分别于 7 月 22 日和 8 月 26 日，两次在《大公报》撰文，言秋瑾："浙江秋璇卿女士，自号鉴湖女侠，慷慨激昂，不减须眉。"并力邀中国学生留学日本。

1907 年，秋瑾回国后的第三年，安庆起义失败，她拒绝出走，被绍兴府衙门逮捕，7 月 15 日在轩亭口大街英勇就义。

因为吕碧城与秋瑾过从甚密，且书信来往不断，浙江巡抚衙门禀报京师法部，要求批捕吕碧城。孰料袁世凯的二子袁克文在法部任员外郎，早已将此时告知袁世凯。所以，当法部来人至直隶总督府的时候，袁世凯话里藏针，暗示吕碧城是自己聘来的新学人物，倘若据书信关系便要抓人，岂不连自己也要被抓。这样一来，抓捕吕碧城的事情最后便不了了之了。

吕碧城听闻此事，特意登门答谢，便在客厅遇见了风度翩翩的袁克文——"民国四公子"之首。

袁克文此前从未与吕碧城谋过面，但对吕碧城的名字早有耳闻。他欣赏她的才学，钦佩她一个弱女子竟能关心国事，积极投身社会公益事业，所以，当浙江巡抚的批捕申请到了京师法部，他第一时间告知父亲，及时解救了吕碧城。

家中一见，袁克文更是顿觉眼前一亮：原来满腹才情的吕碧城，竟然还是个标准的大美人，比报纸上的照片还要漂亮。彼时袁克文18岁，而吕碧城长他7岁，但满怀仰慕的袁克文还是春心萌动，暗生情愫。

信孚银行的董事长、著名诗人费树蔚曾热心向吕碧城推荐袁克文，得到的回答却是"袁属公子哥儿，只许在欢声中偎红倚翠耳"。袁克文自11岁起便流连花柳巷，吃喝嫖赌毒俱全，放浪形骸，吕碧城当有所听闻，故给他下了这样的定义。袁克文自知无望，便将一腔欣赏与爱慕，埋藏心底。自此只与作为"家庭教师"的吕碧城饮酒，谈诗，不谈感情。

其实，吕碧城对这个纨绔公子也不是没有一点感情的。虽然，袁克文风流成性，但其才华也是屈指可数的，还有远大的政治抱负。可是，这样的一个偎红倚翠的"高干子弟"，她能抓得住么？一入豪门深四海，袁家的规矩礼数，由得下她的任性自由么？纵使袁克文此时此刻惊艳于她的美丽与才情，可是，今日的浓情蜜意，又怎敌得过岁月流逝，年华老去？与其他年失意神伤、独守寂寞，不如斩断情丝，只做这世上的一对红颜知己。

郎有情，妾有意，却因吕碧城的心事忧虑，袁克文的知性克制，两个正当年的男女就此相错，空留一段遗恨在人间。

9

1907 年，京师大学堂译局总办严复应直隶总督杨士骧之聘，由上海前往天津，任总督府顾问。早先，吕碧城与严复的外甥女何纫兰私交甚好，对博学多才的严复译出《天演论》等著作也是仰慕不已，于是常常去严复府上拜谒。

严复对吕碧城的印象是"高雅率真，明达可爱"，年纪虽轻却聪颖好学，那些四五十岁的平常士夫多有不及，心下十分喜欢，便将其收为女弟子，教授其逻辑学。还让吕碧城协助翻译《名学浅释》一书，一方面帮助吕碧城提高英语水平，另一方面帮助她打开视野，见识发达的西方文明。一个用心教授，一个用心学习，一个爱徒心切，一个仰慕尊敬，师生二人倒也相处融洽，无话不谈。

吕碧城与英敛之、二姐吕美荪之间交恶，与傅增湘等也有甚多龃龉不合。对吕碧城的为人处世与性格，坊间颇有微词。对此，严复却有自己的一番见地。他在给外甥女何纫兰的家信中，对吕碧城是如此评论的：

　　吾来津半月，与碧城见过五六面，谈论多次，见得此女
实是高雅率真，明达可爱，外间谣诼，皆因此女过于孤高，
不放一人在于眼里之故。英敛之、傅问沅（即傅增湘）所
以毁谤之者，亦是因渠不甚佩服此二人也。据我看来，甚是
柔婉服善，说话间，除自己剖析之外，亦不肯言人短处。
……渠看书甚多，然极少佩服孔子，坦然言之；想他当日出
而演说之时，总有一二回说到高兴处，遂为守旧人所深
嫉也。

　　在严复眼里，吕碧城"柔婉服善"，不肯话别人短处，只因所学
颇丰，才学深奥，方才清高孤傲，不盲目崇拜他人，甚而孔子，凡事
也都很有自己的分析判断能力，很少为他人所左右。言下之意，吕碧
城之所以与英敛之等交恶，实在不是她的过错。如果真要说吕碧城有
什么过错，错也就错在她做到了旁人做不到的事，达到了旁人达不到
的高度，曲高和寡，招致旁人心生嫉妒，进而因妒生恨。

　　严复曾与吕碧城谈起男女婚姻之事。吕碧城对他讲了自己对婚姻
的看法，说今日社会，还是父母主婚比较好。父母主婚虽然也有错的
时候，但毕竟以父母的眼光，选错女婿的情况还是比较少的。那些自
由结婚的，往往都是没有学问，没有知识的少年男女，多看重容貌而
不关注情趣爱好。等双方草草结婚，不出三年，状况频出，悔恨烦
恼，此时除自杀之外，几乎无路可走。吕碧城不愿做这样的男女，不
愿随意苟合，所以，心高意傲的她，所见男子，几乎无一当其意者。
宁可研究学问，怡情于笔墨丹青。

　　听闻此言，严复深感惊讶。他没有料到吕碧城这芳龄 25 岁的小
女子，对男女婚姻竟然抱有这样透彻的思想，实在是非常之难得。但
是，他体恤女徒弟身体柔弱，又正当嫁龄，便劝其"不必用功，早觅

佳对"。但吕碧城却不以为然，大有立志不嫁以终其身之意，令严复喟叹不已。

严复一生有两妻一妾，共育有五男四女。除妻妾外，严复还曾接触过其他的许多女子，甚至曾数次"召妓冶游"，却是个春心不老的儒将。对青春靓丽又才华横溢，比他小29岁的吕碧城，自当充满爱慕、怜惜。或许是对女徒弟由怜生爱，1908年10月，绝少写作情诗的严复，竟宛若情窦初开的少男，拈笔题作情诗数首，直抒胸臆：

> 赠我琼瑶一纸，记说暮山凝紫。何许最关情？云裂夕阳千里。罗绮罗绮，中有清才如此。

> 秋花趁暖开红紫，海棠着雨娇难起，负将尤物未吟诗，长笑成都浣花里。……君不见洞庭枇杷争晚翠，大雷景物饶秋丽，湖树湖烟赴暝愁，望舒窈窕回斜睐。五陵尘土倾城春，知非空谷无佳人，只怜日月不贷岁，转眼高台亦成废。女环琴渺楚山青，未必春申尚林际。

前首虽名曰"答某女士"，但后人考证应为吕碧城。毕竟，在罗绮云鬟之中，既有倾城之貌，又有蕙质兰心的，恐无人能出吕碧城其右。后首诗中所云"秋花"、"海棠"、"尤物"、"佳人"，均取自《九歌》、《离骚》中之典故，抒发他对25岁还没有找到情感归宿的吕碧城的怜香惜玉之情。

然而，对于严复的暧昧情感，吕碧城却没法去响应。或许在她眼里，除了满腹经纶，严复就是个鸦片成瘾的糟老头儿也未必。妻妾成群，则意味着用情不专。以吕碧城的心高气傲，又怎愿甘居他人之下？她的青春正好，一切还来得及。"愿得一人心，白首不相离。"

于是"立志不嫁以终其身",就此断了严复的念想,从此谨守礼法,毫不逾矩。

10

吕碧城身边与其有关联的几个男人中,除了英敛之、袁克文、严复,还有一位不得不提的男子——时任驻日公使,后来成为民国国务总理兼外交总长的胡惟德。

胡惟德,字馨吾,浙江吴兴人。1888 年戊子科以算学中举人。1893 年起至 1928 年期间,连续任驻美国使馆参赞、驻俄国使馆参赞、外务部右丞、使日本钦差大臣海牙国际法院中国委员、袁世凯内阁外务部大臣兼帮办税务大臣、驻法国公使兼驻西班牙、葡萄牙全权公使、驻日本公使、毛革改良会会长、外交部太平洋会议善后委员会理事、贾德耀内阁外交部总长、顾维钧内阁内务部总长、代理国务总理、平政院院长及高等文官惩戒委员会委员长、海牙国际法院常设仲裁法院仲裁员等职,系中国清朝及民国初期有名的政治和外交人物。

大背头,八字胡,虎背熊腰,不怒自威,多次在对外谈判中以谦谦君子的风度坚持原则,维护国家利益和民族利益,胡惟德,从来都是一位不可多得的,有能力、有事业心、有成就的政治家和外交家。
如此一个非等闲的人物,就偏偏看上了吕碧城。

想来自古英雄爱美人,何况吕碧城既有倾城之貌,又有才情,更惹男人心动。
胡惟德先是托时任直隶提学使的傅增湘从中做媒,但是遭到了吕碧城的拒绝。他犹不死心,又写信给时任审定名词馆总纂的严复先生。他的信寄到了严复在上海的寓所,当时严复是在北京履职,没有及时收到。严复的夫人朱明丽在转信过程中，不知是信局延误还是其他什么原因，耽误了不少时间。以至于当胡惟德的弟弟胡仲巽到去北京找到严复的时候，这件事情已经过去很久了。彼时，胡惟德已经和一名美国女留学生定亲。

其实，很难理解吕碧城当时是什么心态，就这么轻易拒绝了胡惟德的美意。照理说，除了年纪稍稍大了一些，无论是相貌还是官职、品行，胡惟德应当还是不错的夫婿人选。胡惟德 1908 年 5 月出使日本钦差大臣后不久，夫人因病去世。吕碧城若是答应，便是续弦，该有的名分都会有，倒也差不到哪里去。于她自己，也终是有了一个归宿。

但她终究还是没有答应，即使母亲和姐姐极力相劝，也未能改变她的决定。或许她理想中的夫君，应比自己大上几岁，风流倜傥又博学多才，温柔体贴又不乏阳刚之气，能懂得她的心思，夫妻诗词相和，鼓瑟和鸣，其乐融融。胡惟德虽好，只是二十岁的年龄差异实在令人无法接受。对她而言，胡惟德实在是太老了些。

虽然吕碧城拒绝了胡惟德，但毕竟心里还是有些纠缠郁闷的。那段时间，因为办学操劳，疲惫之至，导致身体染上重疾，加之天津时局今非昔比，便萌生出洋游学之意。吕碧城的二姐吕美荪特意请假来津探望，也代妹妹向严复求告，请严复帮忙游学一事。考虑到直隶总督易人，原来的端方已被调往两湖，且吕碧城英文又不精通，事情一时难办，遂耽搁了下来。

感念于吕碧城和胡惟德之间的小插曲，不由得心生喟叹：人世间有多少美好情愫，都在不经意间阴差阳错，失之交臂？如果不是信局延误，如果恩师牵线搭桥及时，吕碧城与胡惟德，会不会因此功德圆满成双配对？如果不是胡惟德，而是另一个符合吕碧城择偶标准的男子，那么，心高气傲的吕碧城会不会终于欣然应允？还是不做假设吧，命运早就按照原本的套路和轨迹，一步步铺陈在你面前。没有或许、可能。有的，就是如此这般。你回避不了，所有人都一样，在命运面前，必须无条件接受。

11

关于吕碧城的情爱纠葛，还有与"江东才子"杨云史的一段交往（有待考证）。不过，由于各方所留证据不足，所以这一段感情尤显扑朔迷离。唯一可引以为证的，只剩下两人诗词唱和的暧昧表达。

杨云史（1875~1941），原名朝庆，改鉴莹，又改圻，字云史，又字野王，江苏常熟人。才调绝伦，风流倜傥，与汪荣宝、何震彝、翁之润并称"江南四大公子"，著有《江山万里楼诗词钞》。17岁娶李鸿章的孙女李道清为妻，曾经追随岳父出使英伦，成为学贯中外的青年才子。后来任大清国驻新加坡的领事，辛亥革命后由海外归国，隐居在虞山的石花林，筑一座楼居住，名之为"江山万里楼"。他的原配妻子李道清死后，又续徐霞客为妻。民国九年，只身前往南昌，做了江西督军陈光远的秘书。后与陈光远意见不合，转而跟了吴佩孚。吴佩孚第二次直奉战争之前，杨云史的妻子徐霞客突然在洛阳病逝，杨云史从此开始涉足妓院，与武汉名妓陈美美一见钟情，苦于时局混乱，未能成其一段好事，后娶狄美南为继室。

吕碧城与杨云史最早从何时开始相识不详，但应当彼此是熟识的。她的二姐吕美荪与杨云史便常有诗词相和。吕碧城二度去国旅居欧美，常与杨云史诗简往还，可见彼此文字结缘已久。其中四首《蝶恋花》，缠绵悱恻，不难看出女词人独居海外，遥念友人的悠悠情怀。

个中意味，不言自明。

> 彗尾腾光明月缺，天地悠悠，问我将安托？一自鲁连高蹈绝，千年碧海无颜色。
> 容易欢场成落寞，道是消愁，试取金尊酌。泪迸尊前无计遏，回肠得酒哀愈烈。

> 海上秋来人不识，仙籁横空，只许仙心觉。小立瑶台挥羽氅，新凉情绪凭谁说。
> 不用宫纱笼麝爝，帝网千珠，分作家家月。惟愿冰轮常皎洁，何妨火伞颓西极。

> 迤逦湖堤光似研，汉女湘姚，尽态争游冶。为避钿车行陌野，清吟却怕衣香惹。
> 别溥凝阴风定也，芦笛萧萧，濠濮间情写。双占水天光上下，一兔对影成图画。

> 为问闲愁抛尽否？收得乾坤，缥缈归吟袖。雪岭炎冈相竞秀，一时寒热同消受。
> 泪雨吹香花落后，尘劫茫茫，弹指旋轮骤。便作飞仙应感旧，五云深处犹回首。

杨云史接到诗作后，亦回函赋诗四首以和：

> 眼底旌旗犹霸气，莽莽幽州，风雪来天地。日落长城横一骑，海山却在蹄躇里。
> 可堪髀肉雄愁起，闲去呼鹰，冷落山和水。如此人间容我醉，手扶红粉斟寒翠。

　　卷帘西楼风雨外，万马中原，人物今犹在。破碎山河来马背，过江风度朱颜改。

　　清狂人道毵中散，铜辇秋食，驮梦回鸡塞。大好男儿时不再，举杯吞尽千山黛。

　　话道飘零都未忍，灯火楼台，梦里天涯近。诉与清秋秋不信，江湖满地难招隐。

　　念家山破魂销尽，收拾闲愁，总是词人分。北去兰成君莫问，哀江南后非元龚。

　　红叶来时秋水满，前度迷津，洞里流年换。道是仙源鸡犬暖，秦人合住桃花岸。

　　吟成一例肠堪断，小猎荒寒，匹马关山远。归骑数行灯光乱，雪花如掌卢龙晚。

　　"小立瑶台挥羽箑，新凉情绪凭谁说。"我站在楼台之上，轻摇羽扇，那份孤独与悲凉，向谁去倾诉呢？你是那个愿意倾听我的人吗？"天地悠悠，问我将安托？"你是那个我可以托付的人吗？"一凫对影成图画""一时寒热同消受"，字里行间，无不隐含着朦朦胧胧的情谊。只是，因为一份矜持，我才没有大胆向你表达内心的爱慕，假如你懂我，你会读懂我字里行间的秘密，明白我的一片痴情。

　　"话道飘零都未忍，灯火楼台，梦里天涯近。"你漂洋过海而去，我的面前不再有红粉馨香，灯火映照着高高的楼台，两万里路云和月，我只在梦里与你相见，距离不再遥远。"吟成一例肠堪断"，漫天雪花在空中飞舞，大如手掌，落在头发上、眉毛上、脸颊上，一阵冰凉，那是因为惦记着远方的你啊，我的心绪才如此的急乱。

郎有情，妾有意。只可惜，谁都不愿意捅破那层窗户纸，任那诗笺徒劳无功地往返于太平洋的两岸。

相信读到此处，读者们对吕碧城待男人们的态度一定是又怜又恨，无端端地要为她着急了。真是"犹抱琵琶半遮面"，连一句告白都不会，羞羞答答，扭扭捏捏，小心试探，犹豫不决。有多少缘分就在犹犹豫豫、羞羞答答中凋谢枯萎？

爱，就用尽力气去爱，大胆表白。又有多少人，把那份感情深埋在心底，独自品尝暗恋的苦痛无法自拔。又何苦呢？成，或者不成，总归要有个答案的。那人爱你，或者不爱你，总归会有个解释的。不爱，也不勉强。倘若那人恰好也是爱着你的，却一直捅不破那层薄纸，空留多少余恨！

忽然就想起《大话西游》里面那句经典台词："曾经有一份真挚的爱情摆在我面前，我没有珍惜，等失去的时候我才追悔莫及，人世间最痛苦的事莫过于此。如果上天能给我一个再来一次的机会，我会对那个女孩说三个字：我爱你！如果非要在这份爱上加一个期限，我希望是——一万年！"

非要等失去才追悔莫及吗？"此情可待成追忆，只是当时已惘然。"难道非得像李商隐一样，年华逝去，抱负成空，这才吟一曲《锦瑟》，凭吊过往的岁月吗？

12

1915 年，吕碧城曾写过一篇《费夫人墓志铭》，记载了费夫人短暂然而贞烈的生平。从这篇铭文中，不难看出吕碧城对家庭婚姻生活的价值取向。

……

菱则敝矣，播馥扬芬。

舜华易谢，寔陨其年。

松竹之操，孰陵其坚。

宅身弇晦，光于斯文。

千秋万禩，永奠幽窀。

费夫人姓费名佩庄，字叔娴，吴江人士。8 岁时父亲亡故，17 岁时嫁给吴县候选知府谢景宜。夫妻连璧，家庭和睦。谁知五年后，丈夫不幸病故，费叔娴毁容守寡，并力排众议，选宗立后。孰料，刚刚服丧完毕，母亲又得了重病。叔娴亲自侍奉汤药，兢兢不敢懈怠。然母不起，叔娴以头抢地，悲痛呼号，恨不能自己代母赴死。祭奠之后，叔娴也因劳累和伤心过度病倒。家人送药，她反扣药杯说："窀穸未安，何亟求生？"待丈夫墓穴封安，方才同意进汤药，却因思虑催伤，无药可医，26 岁芳龄逝去，与丈夫合葬于吴县西跨塘。

吕碧城赞费叔娴具有"松竹之操"，必将有千千万万后人尊重敬仰费夫人的操守。"毁容守寡"已然令人为之惊惧；"祷于神祇，以求身代"，这份大义更令人闻之动容；不思汤药，但求赴死的决绝更是惊天地，泣鬼神，堪比祝英台之于梁山伯。

其实，从后人眼光来看，费夫人虽然节烈，但毁容守寡、追随丈夫一同赴死实不可取。虽然得了一世清名，但也枉费了自己的青春岁月，才 26 岁就命丧黄泉，实在可悲可叹！吕碧城所书墓志铭，对费夫人极尽褒扬之词，由此可见，她对费夫人的所作所为是持肯定态度的。宁为玉碎，不为瓦全，倘若没有中意之人，宁可终身不嫁。虽然吕碧城接受兼容并包的西方教育，但在婚姻这个问题上却因循守旧，走了封建礼教的老套路，不能不说是一个遗憾，也是她性格当中追求自由之外的一份缺失。

13

世间万物，总是有其特定生长规律的。正如即便是一块长满青苔的石头，朝南的那面也要生机盎然许多。古人云："有得必有失，有失必有得。"莫看吕碧城在事业上做得风生水起，在感情方面，她却是彻头彻尾的输家。

说她是输家，因为她终其一生孑然一人。或许这个称呼于她并不够准确，输，或者赢，只是相对而言。别人眼里的输，或许，在吕碧城眼里，未必就是输。

她满腹经纶，博学多才，自然恃才而骄。她就像一匹精良的纯种千里宝马，必得要最高明高贵的骑手方才配得驾驭她，令她俯首帖耳，甘愿侍奉终身。然而，放眼望去，这样高明高贵的骑手，现实生活中，哪里能找得到呢？

我们无法苛责吕碧城眼光太高，实在是能配得上她的男子少之又少。学识渊博的，年纪相差太大，几可父女相称；年轻的，行事不稳，怕靠不住；心仪的，早已妻妾成群。

吕碧城曾经这样与友人说起她的情感感悟：生平可称许的男子不多，梁启超早有家室，汪精卫太年轻，汪荣宝（曾任民政部右参议、国会众议院议员，驻比利时、驻日公使等职，擅书法，工诗文）人尚不错，但亦已有配偶。张謇曾给我介绍过诸宗元，诗写得不错，但年届不惑，须眉皆白，也太不般配。我的目的，不在于资产及门第，而在于文学上之地位。因此难得相当伴侣，东不成，西不合，有失机缘。幸而手边略有积蓄，不愁衣食，只有以文学自娱耳！

那个年代的女子，十七八岁早已嫁做人妇，二十来岁早已有了三两顽童膝下承欢。而吕碧城任校长之时，早已二十有三。生命中最美好的豆蔻年华，已然败给了家庭变故，奉献给了笔墨纸砚。

> 残雪皑皑晓日红，寒山颜色旧时同。断魂何处问飞蓬？
> 地转天旋千万劫，人间只此一回逢。当时何似莫匆匆？

坚决若吕碧城，也并非一直情窦不开。这一阙《浣溪沙》，有人分析说是吕碧城在公共汽车上偶遇一位美少年，两人相互注目，却未通姓名，直至下车离去，只留下不尽余恨。"地转天旋千万劫，人间只此一回逢。"或许，这次相逢，就是命里该当的劫数，握住了便握住了，错过了便错过了。只是，初见的慌乱，内心放不下的，是女人特有的矜持。于是，在爱与不爱的纠缠里，他侧身而过，只给你留下一个模糊的背影。

那么，既然错过了，就错过吧，既然已经蹉跎了，那就继续蹉跎下去吧。孤守终老，矢志不渝。或许，下一个路口，会遇见一个令人怦然心动的男子，和书本上的王子或者英雄一样。他就静静地站在那里，仿佛已经等了一千年。那时候，你不由自主地迎上去，轻轻道一声："嗨，别来无恙？"

第七章
崛起——商政精英

1

1911 年 10 月 10 日，武昌起义爆发，揭开了辛亥革命的序幕。1912 年 2 月 12 日，清廷正式下诏退位。清朝落幕，帝制结束。而晚清最后一个朝廷重臣——袁世凯则趁机窃取了辛亥革命的果实，当起了中华民国首任大总统。

袁世凯在大多数中国人眼里，就是一个卖国贼的标准形象。但他支持女学、废除科举、总理教育、提倡男女平等的进步行为却鲜有人知，鲜有人提。他曾经支持卢木斋东渡日本考察工商实业和教育，吕碧城也有幸同行。只是，那一次东渡扶桑之旅，给吕碧城留下了极坏的印象，从此再没踏上日本。一个旗帜鲜明的爱国民主人士，又怎么可能容忍向践踏自己国土的强盗寻求强国之道呢？虽说"师夷之技以治夷"，但以吕碧城的刚烈秉性，即使心里明白这个道理，但行动上却是断断不肯而要排斥的。

1912 年 6 月，北洋女子公学停办。吕碧城经袁克文推荐，受聘于总统府，担任总统府咨议，即总统府可以参与政事的顾问官。从此，吕碧城开始了她长达三四年之久的政治生涯。

要知道，民国时期，女性参政还真是一件稀罕事，更别说在堂堂大总统府上任职了，那可是当时中国女子任此高职的第一人！对于一个没有任何身份背景的女子来说，这该是何等的荣耀！

在如今这个"拼爹"的时代，有多少官二代、富二代凭借上一辈的权势地位或者金钱，谋得一官半职或者攫取巨额利益，都已经算不得是新闻。100年前的吕碧城，父亲虽有一官半职，却因早亡，过早地失去了保护伞。受聘于总统府，她靠的是真才实学，靠的是胆略过人，靠的是眼界深远，靠的是崇高声望。除此之外，别无他。

2

初涉官场，吕碧城对新生国度的前景充满了美好的希望。她自由出入于南海的中华门，流连于金碧辉煌的紫禁城，看不尽的湖光山色，赏不完的亭台楼阁。与此同时，吕碧城又结交了一批文坛名宿如费树蔚、易顺鼎、徐蔚如、步章五等，与"寒庐七子"亦多有诗词往来，互相唱和。其中就有一首《民国建元喜赋一律和寒云由青岛见寄原韵》：

> 莫问他乡与故乡，逢春佳兴总悠扬。金瓯永奠开新府，
> 沧海横飞破大荒。
> 雨足万花争蓓蕾，烟消一鹗自回翔。新诗满载东溟去，
> 指点云帆当在望。

寒云，即袁克文。与张伯驹、张学良、溥侗并称"民国四公子"。又与易顺鼎、何震彝、闵尔昌、步章五、梁鸿志、黄秋岳并称"寒庐七子"。这一首七律，表达了吕碧城对中华民国成立的欢欣喜悦之情，她雄心勃勃，满怀斗志，意欲有一番作为，也能随新政府的

成立沧海横飞，指点云帆。

可是，这三四年的官场生涯，吕碧城只看到了一个同样黑暗、腐败的政府。内阁风潮、宋教仁案、善后借款、二次革命、"二十一条"事件，无不映衬出官场上尔虞我诈、勾心斗角、鱼肉百姓、贪赃枉法、倾轧革命、丧权辱国之卑劣，令吕碧城既感愤怒又心灰意冷。所以，在职的这段时间，除了以诗词排遣胸中块垒之外，还多次往返京沪之间，对履职并没有付出更多的热心。这份冷漠，来源于她对时局精辟的见解。她认为：

> 夫中国之大患在全体民智之不开，实业之不振，不患发号施令、玩弄政权之乏人。譬如钟表，内部机轮全属赢朽而外面之指示针则多而乱动，终自败坏而已。世之大政治家，其成名集事，皆由内部多种机轮托运以行，故得无为而治。中国则反是，舍本齐末，时髦学子之目的，皆欲为钟表之指示针，此所以政局扰攘，迄无宁岁。女界且从而参加之，愈极光怪陆离之致。近年女子参政运动屡以相胁，子不敢附和者，职是故也。

既然我学不会玩弄权术，又不愿甘为"钟表之指针"左右摇摆，不如三缄其口，不予趋拥附和。这就像表决投票，我不赞成，但也不反对，我可以选择沉默，保持中立。因为我有我做人的原则，既不沆瀣一气，随波逐流，也不过于激进，以免招致引火烧身。还是走中庸之道，明哲保身为妙。

1913 年，吕碧城的母亲在上海去世，葬于静安寺的第六泉侧。母亲的离世，吕碧城对从政之路愈发意兴阑珊，北京那个总统府秘书的头衔已不足惜。

3

1915 年，日本帝国主义以威胁利诱的手段，终迫使袁世凯政府签订丧权辱国的不平等条约《二十一条》。《二十一条》企图把中国的政治、军事、财政及领土完全置于日本的控制之下，把整个中国变为日本的殖民地。吕碧城此时尚在政府任职，对日本帝国主义的压迫和袁世凯政府的软弱退让，她悲愤不已，却无能为力。她登临长城，站在高高的烽火台上眺望层林尽染，诗兴大发，借景抒情，以倾吐胸中郁闷之气。一首《浪淘沙》，表达了山川广袤，风景秀美，然而人生如梦，风华易老的感慨：

> 百二莽秦关，丽堞回旋，夕阳红处尽堪怜，素手先鞭何处着？如此山川。
> 花月自娟娟，帘底灯边，春痕如梦梦如烟，往返人天何所住？如此华年。

一首《出居庸关登万里长城》：

> 摩天拔地青巉巉，是何年月来人间。
> 浑疑娲后双蛾黛，染作长空两壁山。
> 飙车一箭穿岩腹，四大皆黝幽难烛。
> 石破天惊信有之，惟凭爆弹迁陵谷。
> 万翠朝宗拱一关，山巅雉堞长蜒蜿。
> 岝峉岂仅人踪绝，猿鸟欲度仍相还。
> 当时艰苦劳民力，荒陬亘古冤魂集。
> 得失全凭筹措间，有关不守嗟何益。
> 只今重译尽交通，抉尽藩篱一纸中。

金汤枉说天然险，地下千年哭祖龙。

这首诗写得雍容大气，把崇山峻岭跌宕起伏的景，和山河失守兀自痛心的情，丝丝入扣地体现在整首诗中。有多少人，登临长城，只是为了欣赏长城的逶迤雄壮，哪有人关心"当时艰苦劳民力，荒陬亘古冤魂集"？又有谁关心国将不为国，发出"得失全凭筹措间，有关不守嗟何益""金汤枉说天然险，地下千年哭祖龙"的悲叹？吕碧城并非须眉大丈夫，胸中却装着山河社稷，这是何等的胸襟！

4

1915 年 8 月 14 日，杨度串联孙毓筠、李燮和、胡瑛、刘师培及严复，联名发起成立"筹安会"，为袁世凯复辟帝制，建立洪宪帝国制造舆论。吕碧城自感大势所趋，无力回天，再也不愿待在总统府，与那些狼子野心之人为伍。她决意学老父归隐山林，遂毅然辞职离京，与政界彻底告别。历史走到这里，又折了个轮回。吕碧城恐怕连自己都没有想到，仿佛冥冥之中，命运早有安排，自己会走父亲曾经走过的老路，急流勇退，淡然超脱。

其实，假设吕碧城能做到洁身自好，不与那些贪赃枉法之流同流合污，只要不理不顾那些卑劣行径，完全可以独善其身，也不至于丢了官职。毕竟，于一个青年女子来说，这未尝不是一条比较稳妥的谋生之路，多少人求之不得！然吕碧城却做不到，必得远离之，眼不见心才净。这也正是她可亲可爱之处，眼睛里容不得半粒沙子。而如今，又有多少人能够像吕碧城那样，做到坚持自我，出污泥而不染呢？

吕碧城辞官之后，仍有当权者力邀其再度出山从政，但吕碧城一概谢绝之。冰雪聪明的她，早已看透那些人邀请她的目的：他们看重的哪里是她的才华，分明是看中了她的名气，要她在其间当个花瓶作点缀罢了！

5

失之桑榆，收之东隅。

吕碧城辞官后，离开北京，来到上海这座号称"冒险家乐园"的繁华都市。前脚离开政界，后脚步入商海。吕碧城一介女流，在上海那个纸醉金迷的十里洋场，与外商合办贸易，而且仅用了两三年时间，便积聚起可观的财富，在商界大获成功。她在威海卫路和同孚路间的寓所，与北洋政府原外长陆宗舆等人为邻。寓所可谓富丽堂皇，高槐复墙，镂花铁门，冬青树三面环绕。室内陈设俱为欧式，不仅装饰极为豪华，还置有钢琴油画等时髦西物。她还雇了两个印度巡捕把门，其中一个印度门房长得很像陆宗舆，客人进出见此无不莞尔。她出入皆由汽车代步，并时常出入舞厅。那时京津地区的各种聚会上，常常有吕碧城的芳踪丽影，各界名流纷纷追捧，趋之若鹜。

郑逸梅的《人物品藻录》中曾有如下记载：

> 吕碧城放诞风流，有比诸《红楼梦》中史湘云者。且染西习，常御晚礼服，袒其背部，留影以贻朋友。擅舞蹈，于蛮乐增中，翩翩作交际之舞，开上海摩登风气之先。

民国时期，诞生过唐瑛、陆小曼、陈香梅、白云、姚玲、周叔苹等名动一时的交际花。她们有的是歌手，有的是演员，有的是记者，还有的是教师等等。这些女子大多美貌天成，受过良好的教育，精通多国外语，琴棋书画唱戏跳舞全都不在话下。她们追求个性与自由，生活考究而前卫，活跃在当时的高档社会交际场所，把个十里洋场点缀得花团锦簇，热闹非凡。吕碧城，无疑是其中开放得最早、最明媚灿烂的一朵。

对于吕碧城生活之奢侈，着装之艳丽，沪人既妒忌又颇有微词。对于时人的非议，吕碧城丝毫不以为意，继续我行我素。在她看来，"女人爱美而富情感，性秉坤灵，亦何羡乎阳德？若深自讳匿，是自卑抑而耻辱女性也"。爱美是女人的天性，就该把女人的美极力彰显出来，而不是讳莫如深，把美好掩藏起来，那是自卑的表现，也是对女人莫大的耻辱。

《吕碧城集》附记中有如下一番自述：

　　按先君故后，因析产而构家难。惟余锱铢未受，曾凭众署券。余素习奢华，挥金甚钜，皆所自储，盖略谙陶朱之术也。

"署券"，即如今所说的股票。吕碧城在赴上海为母亲奔丧之时，曾花费数万购买了署券，没想到几年后这些署券收益丰厚，给她带来了巨大的经济回报，从此吃穿住用一概不愁，不但能满足自己的一概花销，还能做做善事，扶贫帮困。

吕碧城对自己的行为举止是有自己的认知的，她并不以奢华为耻。是啊，我承认我爱美、建洋房、开洋车、着奇装异服，挥金如土，享受生活，可那是我的自由，我所追求的人生。我一不偷二不抢，凭自己的智慧和劳动汗水赚取所得，花我自己的钱，与尔何干？吕碧城是这样说的，也是这样做的。她将自己对女性美的理解，对生命质量的理解，以实际行动将自己的观点诠释得淋漓尽致。

这世上有很多人，一开始个性十足，显现出与众不同的风流。可是，一旦别人指指点点议论纷纷，顿时失了方寸，收敛起挥舞的美丽翅膀，束手束脚，老老实实，规规矩矩，忍气吞声。他们以为，只要把自己修理得和其他人一样就是"安全"的，如果一棵树上停歇的全都是麻雀，而独独就你一只凤凰，那是一准儿会被口水淹死的，天妒英才嘛！可是，如果你决定了要做一只普通的麻雀，那就只有忍痛拔去身上美丽的羽毛，让自己不再璀璨闪耀。

可是吕碧城不愿意拔去身上美丽的羽毛。她执意做那只与众不同的凤凰，自由来去，无所顾忌。那就是我，那是游走于天地间，独一无二的我。这份特立独行，这份果敢决绝，旁人做不到，而非吕碧城莫属！

吕碧城在上海经商成功，可见她不仅拥有花间词人的婉丽，更富有敏锐的经济头脑。都说文学和艺术是相通的，能文能武也不在少数，但既能文又能商的，却不多见。我猜想，做什么事情都能成功的吕碧城，必然是个彻头彻尾的完美主义者。完美主义者苛求事情的起承转合枝枝节节林林总总一定要做到极致，有这份决心，有这份细心，又何愁不成功？

无可否认的是，吕碧城在总统府就职的经历，锻炼了她的社交能力，开阔了她的眼界，为自己在政坛和上流社会累积了丰富的人脉。与"信孚银行"董事长费树蔚、袁世凯二公子、上海青帮"大"字辈头目袁克文等密友情谊深厚，过从甚密，无形中对她经商也起到了一定的保护作用。这是她之所以经商成功的一个重要因素，也是有别于其他才女的重要标志。她上升到了一个普通女子难以企及的高度，在这个高度上，她宛如一棵青青翠竹傲然挺立，俯视脚下一众低矮树丛。

6

对于吕碧城何以能在短短的几年时间里富甲一方，至今还都是个谜。

有人读吕碧城《游庐琐记》时，发现吕碧城曾与一个德国茶商同去庐山。因为吕碧城的家乡徽州产茶，便猜想她在做茶叶生意。但这仅仅不过是推测罢了，并没有实际根据。不过，不管是什么原因让吕碧城"一夜暴富"，女人独有的魅力也好，友人的帮衬也好，聪颖的大脑也好，前瞻的眼光也好，出色的交际手腕也好，这些都不重要，重要的是，她有钱了。有钱便可以做自己喜欢做的一切：游山玩水、出访留学、周游列国。

钱，不是万能的。但没有钱，是万万不能的。19世纪初，当很多中国家庭还挣扎在贫困边缘，为生计发愁，衣不蔽体、食不果腹的时候，吕碧城已然锦衣貂裘、山珍海味。不但四处游览祖国的山山水水，还前往美国哥伦比亚大学就读，在国外住世界一流的宾馆，长期定居世界顶级旅游胜地瑞士日内瓦，那可不是一般人可以做到的。

有钱人大多悭吝，经典的守财奴代表人物便是巴尔扎克小说《欧也妮·葛朗台》中，欧也妮·葛朗台的父亲——老葛朗台。他是法国索漠城一个最有钱、最有威望的商人，但他为人却极其吝啬，在他眼里，金钱高于一切，甚至妻子和女儿还不如他的一枚金币。他对金钱的渴望和占有欲几乎达到了病态的程度：半夜把自己一个人关在密室中，爱抚、把玩、欣赏他的金币，放进桶里，紧紧地箍好。临死之前还让女儿把金币铺在桌上，长时间地盯着，这样他才能感到暖和。

吕碧城有钱，但并不是守财奴。她不像葛朗台那样，虽然拥有万贯家财，却住在阴暗、破旧的老房子里，每天亲自给家人分发食物和蜡烛，而是充分享受金钱带来的舒适生活和快意享受。除了满足自身所需，吕碧城还乐善好施，广济众生，平生做了不少善事。

7

1917年秋，华北数省洪水肆虐，灾情异常严重，所涉范围共计一百零三县六百余万灾民。冯国璋政府委派熊希龄负责督办水灾河工善后，旋即约请京津沪及美国的红十字会等慈善组织开会研究赈灾事宜，并成立"京畿水灾筹赈联合会"，向全国发出请赈通电，还专门成立慈幼局，英敛之担任局长，负责收留逃难至京的男女儿童。

吕碧城听闻上海红十字会的赈灾提议后，与上海诸多名媛在第一时间发起成立了"京直精致水灾义赈会"，积极为灾民募捐筹款。吕碧城不但尽力亲为奔走劝募，亲拟《赈灾通告》，自己也慷慨解囊，捐资大洋达十万元之巨。

樊增祥曾回函吕碧城，对其捐资义举大加赞誉，把她比作巾帼英雄，即便是自己这个人到七十"古来稀"的老人也深感敬佩，自愧弗如：

> 碧城贤侄如面：得手书，固知吾侄不以得失为喜愠也。巾帼英雄，如天马行空，即论十许年来，以一弱女子自立于社会，手撒万金而不措意，笔扫千人而不自矜，此老人所深佩者也。余事为诗，亦壮心自耗耳。仆卜居未定，颇碌碌，暇当诣谈，复候妆安，增祥拜手。

　　及至出游欧美，吕碧城还两次捐资，用于宣传保护生态环境。1940 年后捐资国内的赈灾机构，帮助抗战中流离失所的难民。临终前，吕碧城连续三次寄遗嘱给上海的李圆净居士，并附上相关证明文件，委托其处置自己在美国纽约、旧金山及上海麦加利银行的存款 20 万元之巨，交代务必悉数提取以用于弘扬佛法护生之事。

　　钱，生不带来，死不带去。有的人，一辈子做了金钱的奴隶，守着钱财过着悲惨的日子，亲人反目，妻离子散；而吕碧城无疑是做了金钱的主人，很好地支配着手中的金钱，让金钱在实际使用中体现它应有的价值。她并没有因为自己少年时代曾经遭受的厄运憎恨这个社会，反而因此更能体会他人的不幸，更加体恤他人的苦难。从这一点上来说，吕碧城是豁达的，慷慨的，慈悲的。

第八章
巅峰——山水赋诗

1

1920 年吕碧城出国留学前，因手头积聚颇丰，便携友游览庐山、汤山、苏州、杭州、香港等地，饱览大好河山旖旎风光。在此期间，吕碧城写下了大量诗词，堪称其一生诗词成就之巅峰时期。巅峰之始，当从 1914 年 6 月 1 日，吕碧城加入"南社"算起。

南社，创建于清宣统元年（1909 年）的苏州，活动中心在上海，社员总数曾达 1180 余人。主要创始人有著名诗人、社会活动家柳亚子、陈去病、高天梅等，系清末民初著名的文学团体，同时也是一个在中国近现代史上产生过重要影响的资产阶级革命文化团体。南社受孙中山先生领导的同盟会的影响，取"操南音，不忘本也"之意，鼓吹资产阶级民主革命，提倡民族气节，反对满清王朝的腐朽统治，为辛亥革命做了非常重要的舆论准备。

吕碧城首次参加南社的雅集，是 1914 年的中秋节，在上海的徐园。

"雅集"，是中国古代文人雅士聚在一起吟咏诗文，议论学问的集会，内容和形式有点类似于现代的沙龙。南社雅集常以诗、酒相会，借酒题诗，直抒胸臆，酣畅淋漓。

中秋佳节，徐园里，各色菊花竞相开放，姹紫嫣红，微风过处，清香四溢。有美酒相伴，吕碧城在内的 16 人，个个都是诗词界高手，纷纷饱蘸笔墨，大书特书，意欲在他人面前露一手。

吕碧城也挥毫题了两首，其一是早年写的那首《法典献仙音·题"虚白女士看剑引杯图"》，其二是 1913 年春，因感蒙古事而作的那首《烛影摇红》：

重展残笺，背人颠倒吟思遍。嫣红点点灿秋棠，总是啼痕染。才喜芳菲时渐，悄搴帘、且舒愁眼。含情待见，五色春曦，组成光线。

不道春来，楼空人杳愁归燕。阿谁钩引玉清逃？草露湔裙满。底说高句骊远，听鹃语、替传哀怨。小桃无主，嫁与东风，已因风散。

社友们观摩完了吕碧城的两首词，不由惊叹不已。柳亚子、顾悼秋、王大觉等人均作了点评，认为吕碧城的词没有丝毫女人脂粉气，全是丈夫气概，一派忧国忧民之心，令人佩服之至。徐园雅集，一干诗友饮酒赋诗，豪情万丈，其乐融融，一直到皓月当空，方才尽兴而归。

2

1916 年秋，吕碧城与同样对袁世凯称帝不满愤而退隐苏州的费树蔚一起，携同彭子嘉，一行三人，相约登莫干山、观钱塘潮、游西子湖以及浙江境内诸山。

远离了勾心斗角的政治漩涡，身临青山碧水之间，吕碧城、费树蔚等暂时忘却了种种人生的不如意，尽情呼吸山间清新的空气，贪婪地尽赏山中迷人的秋色。

莫干山位于浙江省北部德清县境内，为天目山之余脉，因春秋末年，吴王阖闾派干将、莫邪在此铸成举世无双的雌雄双剑而得名。莫干山素来以竹、泉、云和清、绿、冰、静的环境著称，素有"清凉世界"之美誉。中心景区包括塔山、中华山、金家山、屋脊山、莫干岭、炮台山等。

白天看莫干山，漫山翠竹，风吹过来，竹叶刷啦啦作响，竹林随着风的拂动一波一波荡漾起来，像是翻滚着的绿色海洋。但是到了晚上，夜黑风狂，清寒砭骨，吕碧城夜不能寐，遂披衣下床，填了一首《百字令》：

> 万峰泼墨，漾红灯一点，径穿幽筱。翠袖单寒临日暮，来御天风浩浩。湍瀑惊雷，篔筜夏玉，仙籁生云表。飞琼前世，旧游疑是曾到。
>
> 昨日倚阁香温，宿醒犹殢，谁换炎凉早。争道才华多鬼气，占尽人间幽悄。侵入灵犀，冻余冰茧，芳绪抽难了。驿程倦影，微茫愁入秋晓。

短短一百字，把莫干山清、绿、冰、静的特征描述得精致贴切、细致入微。漫山青黛如墨、瀑布飞溅直下，那沁人心脾的寒凉，让本已敏感的思绪更加陷入了淡淡的闲愁。

从剑池到芦花荡，再到天池禅寺、塔山、天桥，一路走来，吕碧城诗词不断，《喜迁莺》《浣溪沙》《山行遇雨》《湖上新秋》等，记录下了一路所闻所见和当时感受。

3

吕碧城一行三人，行程的第二站便是杭州。

之前在吕碧城与秋瑾的深闺情一节中已经交代过，吕碧城这一站到杭州，首先拜谒了秋瑾的墓地，写下了那首哀怨嗟叹的《西泠过秋女侠祠》。

倘若不是怀念友人离去以致心情沉重，游览杭州秋时风景应当是令人心旷神怡的。只不过，短暂的沉郁，随着观钱塘江大潮的兴奋一扫而空。

浙江海宁盐官镇距离杭州五十公里，自古以来，每年农历八月十八日的海宁潮（也称钱塘潮、钱江潮、浙江潮）都是天下奇观。苏东坡曾有诗云："八月十八潮，壮观天下无!"因为钱塘江口呈喇叭形，前宽后窄（入海口最宽处 100 公里，而至海宁盐官仅 3 公里左右），加上江口有巨大的平浅沙滩，潮水涌至此处江槽骤缩，江底迅速抬高，流速加大，能量高度集中。同时，受到江口拦门沙坎的阻拦，波涛后推前阻，当与前面返头潮相撞时，潮位最高达 9 米多，十分壮观。每年观潮之人亦如海潮一般汹涌，人山人海，黑压压一片。

吕碧城等大步奔到堤岸上时，天空恰巧飘起了濛濛细雨。眼看巨浪翻滚如蛟龙过海，耳听波涛呼啸如万马奔腾，细密的雨点淋湿了一头秀发，一股油然而生的豪情充溢心胸，吕碧城诗意大发，脱口而出一首《中秋后钱塘观潮遇雨》：

> 浊浪喧阗撼地来，英雄遗恨托风雷。
>
> 长空万马奔腾后，奇阵还成一线排。

　　观潮归来，吕碧城心绪久久不能平静，那大潮呼啸而来的誓吞万象的磅礴气势，深深震撼、冲撞着她的心。她感到人的弱小和无助，在大自然的鬼斧神工面前，人类的力量显得那么微不足道。意犹未尽的她又急就一阕《临江仙·钱塘观潮》，借滚滚潮水之奔涌激荡，问世间风云，谁主沉浮。

　　　　横流滚滚吞吴越，风波谁定喧豗。畴人重见更无期，锦
　　袍铁弩，千古想英姿。
　　　　九辨难招怜屈贾，幽魂空滞江湄。子胥终是不羁才，风
　　雷激荡，天际自徘徊。

4

　　观过莫干山翠竹的清幽，钱塘江潮摄人心魄的壮丽，1917 年 2 月，吕碧城偕女界名流张默君、陈鸿璧、唐佩兰共游苏州邓尉，欣赏梅花的傲骨和淡雅芬芳。此次出游邓尉山，当数吕碧城此生最难忘也最值得纪念的一次出游。因为，不仅仅是赏姿态万千的梅花，而且还能和志同道合的好友比肩同行，这样的舒畅心情，一生又能有几回呢？

　　与吕碧城同行的三个女伴，可以说各个都不简单，个个都是女中豪杰，人中翘楚。

　　张默君，湖南湘乡人，与吕碧城同龄，同是南社著名女诗人。1906 年加入同盟会，与秋瑾、赵声等在江浙一带进行革命活动。1907 年以第一名的成绩毕业于务本女学，被委聘担任江苏粹敏女学教务长一职。武昌起义爆发后。张默君主办《江苏大汉报》，既任社长又做编纂，以涵秋、大雄的笔名为文发表社论，鼓吹民治，倡导大同。

1912 年发起成立神州妇女协会，任会长，并创办《神州日报》，后任神州女校校长。

陈鸿璧，广东新会人。少年时就读于上海中西女塾。1907 年在上海女子中学和育贤女学校任教。辛亥革命时期，任《神州日报》主编，后任《大汉日报》编辑。一生独身，把所有的热情都奉献给了教育事业，创办旅沪广东幼稚园和私立广东中小学。精通英文，系近代著名的女翻译家。

唐佩兰生平不详，但可以知晓的是，此女善丹青，系安徽巢县人士，寓居南京。

两个女诗人，一个女翻译家，一个女画家，这趟行程人员组合，真是搭配得当，妙不可言！

邓尉，即邓尉山，在苏州城西南三十公里，是中国著名的赏梅胜地，因东汉开国功臣邓禹得名。邓尉山，最出名的就是名闻遐迩的"香雪海"。每当冬末春初，邓尉山一带绵延 30 余里的梅花凌寒开放，放眼望去，像一片飘雪的海洋，闻之又有沁人心脾的馨香，令人沉醉。清康熙三十五年，江苏巡抚宋荦赏梅后题"香雪海"三字镌于崖壁，从此香雪海名扬海内。"邓尉梅花甲天下"，连康熙皇帝都曾先后三次到邓尉探梅，乾隆皇帝先后六次到邓尉探梅。一年一度的邓尉梅花，吸引了天下无数游客，"邓尉探梅"竟成为岁时风俗，每至花时，访寻春者络绎不绝。

去邓尉探梅之前，吕碧城致信苏州镇守使朱琛甫，言曾与朱大人邂逅同席，久仰大人盛名。此次慕名而来香雪海，因一众女游伴，不仅体弱，路径也生疏，恐遭遇凶险，请求其派人护行。朱琛甫欣然应允，不但盛情款待，还一路派兵护送。

香雪海，果然名不虚传！早春二月，邓尉的梅开得正好，整个山坞荡漾的，是成片成片花的海洋，白得素洁高雅，红的粉嫩艳丽，千娇百媚，芳香扑鼻。徜徉花海，吕碧城和张默君等激动得无以复加，恨不能化身蜂蝶，在花海中翩跹起舞，从一朵梅飞到另一朵梅，贪婪地吸吮梅花香甜的汁液。那么，时光可不可以在此刻停留，停留在这烟雨轻濛的山林，让我的灵魂与梅花共馨香，让我的身躯化作青山、碧水，以载梅花轻盈的落红？或者，当我百年之后，我的身骨就埋葬在这片花的海洋，好共梅花一起留芳万年？

人处在特定的环境中，总是感触特别多。尤其是看到"香雪海"如此壮观的梅林，更惹得吕碧城诗兴大发。短短三天行程，赋诗十首，首首精妙，再现了梅花的清冷、孤傲，而诗人的心，亦如烟如雾，志高悠远，不落凡尘。

> 玉龙喷雪破苍烟，蹑屩人来雨后天。
> 不惜风霜劳远道，佩环同礼九嶷仙。

> 湖光如镜山如黛，雪簇花团照眼秾。
> 辟作美人汤沐邑，春风十里画图中。

> 山河无恙销兵气，霖雨同功泽九垓。
> 不是和羹劳素手，那知香国有奇才。

> 晓风残雪斗娉婷，萼绿仙姬竟体馨。
> 底事灵均浑不省，只将兰芷入骚经。

冷眼人间万艳空，前身明月可怜侬。
人天小劫同沦落，群玉山头又一逢。

十年清梦绕罗浮，物外因缘此胜游。
欲折琼枝上清去，可堪无女怨高邱。

清标冰雪比聪明，呼鹤青城證旧盟。
为感芬芳本吾道，山阿含睇不胜情。

仙源不让武陵多，疏雪才抽十万柯。
色相窥来销未得，心头常贮玉嵯峨。

笔底春风走百灵，安排祷颂作花铭。
青山埋骨他年愿，好共梅花万祀馨。

征衫单薄冷于秋，徙倚疏芳且暂留。
后夜相思应更远，一襟烟雨梦苏州。

　　美好的日子总是那么短暂，满山坞的梅花还在怒放，鼻子还能嗅得到那股特有的梅的清香，只是，告别的时刻终会来临。感念朱镇守使的盛情款待和护送之举，临行，吕碧城赋诗一首《探梅后谢苏州朱镇守使琛甫》，以表达感谢之情。

管领幽芳到远林，旌旗拥护入花深。
虬枝铁干多凌厉，中有风雷老将心。

5

　　从邓尉山探梅归来，这年的春夏之交，吕碧城来到北京香山，看望久别的老友，英敛之和爱新觉罗·淑仲夫妇。虽说早先与英敛之之间有过一段不愉快，但她亦深知，若无英敛之的慧眼识英雄，若无他的大力提携，她吕碧城不可能会有今天，哪能过河拆桥，忘恩负义呢！所以，即便在总统府任职期间，她也不止一次去香山拜访旧友。

早在1911年辛亥革命后，英敛之名义上仍在负责《大公报》，实际上已经退居香山静宜园，自号"万松野人"。1916年，英敛之将《大公报》转手给王郅隆，自己在香山创办香山慈幼院和辅仁社等慈善教育事业，附近的贫苦子弟得以平等地接受教育。

看到慈幼院里那些孩童无忧无虑玩耍的身影，想起自己当年辛苦创办女学的艰辛，十几年的岁月如白驹过隙，倏忽溜走不见，吕碧城不由一阵心酸。这个污秽的世界她早已看破，如今早已百忧铄骨，万念俱灰。她不禁想起佛家所言"四大皆空"之境界，真想放弃一切尘世间所有，遁入空门，以求心灵的彻底解脱，真正实现人生的大自在。

香山一见，英敛之已然年届花甲，吕碧城也已三十有四。两人不胜唏嘘，感慨岁月流逝，青春不再，当年的满腹豪情早已烟消云散。叙往事，万千惆怅在心头。当年的一纸粉笺，当年的惊艳一瞥，当年的倾心相付，当年的共创事业，仿佛南柯一梦，一觉醒来，已隔了十多年。

从香山回到上海，吕碧城给英敛之夫妇写信感谢他们的热情款待，并附词一阕相赠：

> 半空风籁秋声碎，凄凉暗传砧杵。翠竹惊寒，琼莲坠粉，秋也如春难驻。商隐几许？渐爽入西楼，惹人愁苦。霜冷吴天，断鸿吹影过庭户。

年华荏苒又晚，和哀蝉病蝶，揉尽芳绪。往事迴潮，残灯吊梦，几度兜衾听雨。伶俜倦旅，只日暮江皋，寥芙延伫。尘宛征衫，旧痕凝碧唾。

这一阕《齐天乐》，反衬出吕碧城当时愁苦凄凉的心境。明明满眼香山春景翠绿怡人，笔下的词句却老气横秋。"秋声""霜冷""断鸿""哀蝉""病蝶""残灯""日暮"，这些景象都一一传递女词人看破红尘的无奈。如今双亲皆已离世，只剩自己一个人孤零零苟活在世，身边一个可亲的伴侣都没有。办女学耗尽了心血，得了一身病痛，日后虽供职总统府，却因不愿同流合污而远离。虽经商收获颇丰，但拥有再多金钱又有何用？谁能填补我精神上的空虚寂寞？当我"兜衾听雨"之时，有谁在乎我的"伶俜"？我倦了，累了，大千世界，茫茫人海，何处才是我心灵的港湾？

6

日照香炉生紫烟，遥看瀑布挂前川。

飞流直下三千尺，疑是银河落九天。

这首《望庐山瀑布》，几乎男女老幼都耳熟能详。青莲居士李白笔下描写的，正是庐山瀑布飞泻的壮观景象。

20世纪80年代，由周瑜和郭凯敏主演的电影《庐山恋》风靡中华大地，男女主角那段不顾一切缠绵坚决的恋情感动了一代青年，作为电影背景的庐山美丽风光也同时深深印在了人们的脑海里。在这样飘渺幽静的山林里散步、读书，无疑是一种莫大的享受。倘若能在这里遇到一位高大帅气的男子，或者，一位温婉可人的女子，恐怕，也会因这美景，培养一种说不清道不明的暧昧情绪，擦出爱情的火花的吧？

带着对庐山胜景的美好憧憬，7 月 14 日，吕碧城由上海乘坐江轮逆流而上，前往庐山，开始了炎炎夏日的清凉之旅。

虽然是七月炎夏，但流水潺潺、绿树成荫的庐山温度却比山外低了十几度，感觉异常凉爽舒适。夜宿山谷的旅舍，推开窗子，远方黝黑的山体衬着青黛的夜色，在夏虫的呢喃中沉默不语。溪水叮咚，山谷的风倏尔拂过，吹得人脖子上、胳膊上阵阵凉意。月色正好，皎洁的月光像水银一样倾泻在大地上，有淡淡的雾气升腾起来，那样洁白，那样纯净，充满了出离尘世的禅意。旅人的心便融化在这皎洁的月色里，如水一样温柔灵动起来。

在庐山，吕碧城巧遇同宿一个旅舍的俄国茶商高力考甫，并和高力考甫一同游览了鹿岭。鹿岭风景幽绝，石壁崚嶒，飞瀑顺着石壁曲折流下，在凹陷处汇聚成小池，溪水清澈见底。山顶陡峭，像矗立的竹笋一样。有人攀援而上，大呼高力考甫的名字，山谷中传来阵阵回音，高力考甫也饶有兴致地大声回应，声音听起来十分清朗。

《游庐琐记》是吕碧城记录庐山旅行历程的篇章，既用文字描绘出了一幅别有风韵的庐山风光图，又写到了旅途和住宿当中发生的许多趣事，文笔风趣生动。另还填词一阕《沁园春·游匡庐》，赋诗一首《登庐山作》，使庐山之旅更加圆满，终是不虚此行。

> 如此仙源，只在人间，幽居自深。听苍松万壑，无风成籁，岚烟四锁，不雨常阴。曲栏流虹，危楼耸玉，时见惊鸿倩影凭。良宵静，更微闻风吹，飞度泠泠。
>
> 浮生能几登临？且收拾烟萝入苦吟。任幽踪来往，谁宾

谁主，闲云缥缈，无古无今。黄鹤难招，软红犹恋，回首人
天总不禁。空惘怅，证前因何许，欲叩山灵。

> 绝巘成孤往，鸳靴破藓痕。
> 放观尽苍翠，洗耳有潺湲。
> 秋老风雷厉，山空木石尊。
> 烦忧渺何许，到此欲忘言。

盛唐诗人刘长卿的《寻南溪常山道人隐居》诗云："溪花与禅
意，相对亦忘言。"吕碧城则是"烦忧渺何许，到此欲忘言。"是啊，
身临如梦如幻的庐山仙境，人世间所有的烦恼和忧愁，刹那间变得如
此渺小，如此微不足道。还有什么言语可以道破禅机？唯有无言，静
听自然世界的密语。

7

1918 年，吕碧城从北京回到上海，与张默君相约一道出国游学。
谁知一切手续都办妥之际，吕碧城突然病重，不得不与张默君依依惜
别，眼看她先行一步，去了美国哥伦比亚大学攻读教育学。

有时候，命运往往喜欢跟人开玩笑。你憧憬了多年的愿望，几乎
就要实现的时候，它却伸出一张无影手，冷冷地把你打回原地。当你
满怀信心，充气加油，有如箭在弦上，这时候"咣"的一声响，那
边叫着鸣锣收兵，真是要多泄气有多泄气。失望、焦虑、悔恨，各种
伤心笼罩在吕碧城心头，身体上的病症愈发严重起来。

吕碧城的大姐吕惠如听闻妹妹病重的消息，特意从南京赶到上
海，把她接到南京就医。病情稍有好转的时候，又把她送去江宁县的

汤山温泉疗养。

汤山镇，东距南京约 29 公里，以温泉著称，是全国四大温泉疗养区之一。汤山温泉水来自地下 2 公里处，水温常年保持 50～60 摄氏度，且冬夏温度相差不大。汤山温泉水中富含钙、镁等 30 多种微量元素，对关节炎、风湿症、高血压等多种顽疾疗效显著。

泡在温泉水里，吕碧城感到身体说不出的放松和畅快。那温泉水温度适宜，轻轻涤荡你的身体，既洗净了身上的尘泥，又渐渐除去了隐匿的病灶，每次起身出水，都有一种身轻如燕、脱胎换骨的感觉。渐渐地，吕碧城喜欢上了这里，她慢慢放下了出国留学的心事，耐心配合大夫，泡泉、按摩、服药，让身体和心灵都慢慢复原，然后以充沛的体力，投入到将要来临的游学旅程中去。

和之前游历莫干山、杭州、邓尉山、香山、庐山一样，即便是一眼小小温泉，吕碧城也不忘以一阕《绮罗香·汤山温泉》献以美好歌颂：

> 磺熱珠霏，硝炊玉溅，一勺涓涓清沚。泛出桃花，江上鸭先知未？诇水泮，不待霞吹，试缨浣，闲看浪起。引灵泉，小凿娥池，洗脂重见渭流腻。
>
> 兰汤谁为灌就？也似华清赐浴，山灵溥惠。不许春寒，侵到人间儿女。喜渐肠，固疾能瘳，问换骨，仙源谁嗣？竞联翩，裙屐风流，证盘铭古意。

8

明朝年间的徐霞客，几乎耗尽一生游历祖国名山大川，为后人留下了珍贵的地理文献《徐霞客游记》。而像李白、苏轼、白居易那样的诗人、词人，也喜欢流连山水之间，踏青、涉水，从日起日落晨昏昼夜间去寻找创作的灵感，给后人留下了大量脍炙人口的优秀诗词。

吕碧城也一样。忘情山水之间，所有的烦忧抛之脑后，眼前只有这山，这水，这朝霞，这落日，这青松翠柏，这蓝天白云。天地间的浩然正气装进了心胸，那些阴暗晦涩的小我统统抛开。

"不是和羹劳素手，哪知香国有奇才。"吕碧城把自己比喻作香国奇才，意思是在妇女界并非没有千里马，只不过这世上缺少赏识千里马的伯乐而已。空有一腔爱国热情，才华却得不到施展，怎能不令人伤心失望？一种怀才不遇的情绪笼罩在吕碧城的心底，使她郁郁不得欢。她恨不能马上跳出国门，让自己站得更高，看得更远，找寻一个真正自由的，不属于任何人的自己。

第九章
升华——留美求学

1

汤山温泉疗养归来，吕碧城又去了香港海滨疗养，避过了上海的寒冬。身心都得到了充分恢复，出国游学再次被提上了预定日程。虽然，此次旅美比最初的计划晚了 10 年，但还是终于能够成行了，这辈子的夙愿当可了了，也不会留下什么遗憾了。

1920 年春，吕碧城临出国前特意去了两个地方，向过去的好友道别。一个是当年天津女学的女学生，一个是诗友费树蔚。

那个天津女学的女学生，出生官宦人家，曾许配给一位达官的公子。一日，她的舅公因公经过天津，携公子莅临学校参观，人还未到，当地一众官员也早已列队迎候，武士们骑着高头大马，马蹄声不绝于耳，激起的飞尘遮蔽了巷道，阵势蔚为壮观。穿着配有肩章制服金彩燦然的使者一再驰报，那位尊贵的舅公和公子方才姗姗来迟。所有人毕恭毕敬向其行礼，那个女学生也在行礼的队列中。有同学故意朝她努嘴示意作亲吻状，女学生瞬间脸上红霞飞起，一直红透到雪白的脖颈。那时候，被众星拱月的是她未来的丈夫和公爹，内心的得意应当是不言而喻的吧？

想当初，那个女学生是何等的荣耀！可是，10 年之后，吕碧城再去寻找，昔日好友竟似变了一个人似的，因家庭变故，被夫家遗弃，如今荣华不再，风采不再，面容憔悴，形销骨立。虽然现在仍是一个小学的校长，但所居偏僻之地，茅屋土壁，一日三餐粗茶淡饭，与村姑为伍，教授那些满身泥土的穷孩子，早年的风光早已湮没在凄风苦雨之中，都不知人间几度寒暑了。

和好友相比，吕碧城无疑是幸运的。下海经商，她集聚了大量财富，不再为生计发愁。多年官场的浸淫，所结交的又大多是社会政要、名流、巨贾，凭自己的社交能力和一身才学，吕碧城如鱼得水，游弋其中，既不与当局同流合污，又能独善其身，这既是一种聪明，又是一种难能可贵的品质。很难想象，假使吕碧城穷困潦倒，是否还会一身清高，放弃官职，恣意山水，填词作诗？或许，她会和那些贪污腐败的官员沆瀣一气，狼狈为奸吧？为生活，也为功名。而当吕碧城已经拥有了这一切，在社会上站稳了脚跟，自然不屑于那些身外之物，而要去追逐物质以外的精神追求了。

吕碧城与好友促膝长谈至午后，当晚便赶回了北京。她所居住的北京饭店正华灯高照，身着光鲜的绅士淑女们正随着音乐在舞池里舞动翩跹，如春潮泛滥，一派奢华。联想到好友悲惨的境遇，吕碧城百感交集，既食不甘味，又夜不能寐，颓然伏卧在案上。屋内的银器被灯光反射，泛出耀目的光芒，耳畔传来隐隐的乐声，那一刻，吕碧城只感到生趣索然，如处荒芜之墓地。眨眼间，天色破晓，吕碧城推窗远眺，见路灯成排，晔晔于宫墙柳影之间，一时兴起，作无题诗一首寄女友：

> 又见春城散柳棉，无聊人住奈何天。
> 琼台高处愁如海，未必楼居便是仙。

春天依旧遵循着四季的规律，施施然到来，满城又开始飞舞着轻妙的柳花。只是，老天教人无可奈何，今日的处境，今日的无奈心情，早已失尽昨日的壮志豪情，又怎能望得见春日的美好？即使居住在琼台高处，又怎见得赛似神仙，还不一样仇深似海，满腹幽怨？

吕碧城亲眼目睹这位同学好友身上发生的变化，不由不胜唏嘘，"相见凄然，几不能语"。岁月如流，谁能预料下一场风暴会不会落到自己头上？曾经的荣华富贵如过眼云烟，曾经的靠山也说倒就倒，曾经的绫罗绸缎变成今日的衣衫褴褛，有时候，命运就是这样冷酷无情。无论昨日的你如何显赫，如何不可一世，命运的翻云覆雨手总能轻易扭转乾坤。莫说十年，有时候，一朝一夕之间，人的命运都可能发生翻天覆地的变化。一切的一切都没有定数可言，一切都敌不过岁月，容颜易老，江山难保。

2

探望过天津女学的女友，吕碧城又南下苏州，和诗友费树蔚、缦华女士共同游览苏州胜景。

费树蔚，字仲深，号韦斋，又号愿梨、左癖、迂琐，与吕碧城同年，柳亚子的表舅，祖上系江苏吴江望族，19 岁中秀才，娶了吴大澄的七女儿吴本静。与袁世凯长子袁克定同为吴大澄女婿，曾在邮传部任员外郎，兼理京汉铁路事。辛亥革命后任北洋政府政事堂肃政史。袁世凯僭号称帝后，费树蔚直言劝谏，未采纳，11 月，遂隐退南归回到苏州。与张一麐、金松岑、李根源等人以诗文相和，"遇不平事则义愤填膺，奋发急难不稍避"，与张仲仁等热心从事地方公益事业，被称为"吴中二仲"，曾任信孚银行董事长和吴江红十字会会长，在苏浙沪一带非常有影响力。

费树蔚也是诗坛上的奇才，吕美荪曾赞誉他："积学好古，操爽有燕赵风。文学雅，尤善绮声，时人莫能及也。"他与吕碧城在袁世凯在位期间熟识，相交甚好，且有一个共同的好友袁克文，彼此诗文唱和，十分投机。前年吕碧城旅美前夕突染重病，心灰意冷之下，曾书寄费树蔚《崇效寺探牡丹已谢》一首，表达自己身体欠佳，理想破灭，一心归隐山林的落寞心绪，并附言："果不久物化者，拟葬邓尉，购广地于湖山胜处，碑镌客春探梅十首于上，植红绿梅多本，使常得文人酹酒吟吊吾魂慰矣。"

> 才自花城卸冕回，零金剩粉委苍苔。
> 未因梵土湮奇艳，坐惜芳丛老霸才。
> 却为来迟情更挚，不关春去意原哀。
> 风狂雨横年年似，悔向人间色相开。

费树蔚接此书，忧心如焚，深深为吕碧城的身体健康和情绪状态担心。他立即回诗二首聊以安慰。吕碧城移居香港海滨疗养，及至返回天津，费树蔚一直和吕碧城保持着热络的书信往来。如《答吕碧城香港用吴梅村题西泠闺咏韵》《吕碧城自香港来沪书云将游欧美索为诗述其身世戏借梅村旧韵寄之》等。

此次吕碧城游学欧美的理想终将实现，费树蔚从心底里为老友感到高兴。久别重逢，共游苏州虎丘、灵岩、天平、石湖等地，高兴之外又多了几许离别的伤感。

苏州石湖，绿水波柔，吕碧城和费树蔚、缦华女士共同泛舟湖上，任由小舟漫无目的地在湖上漂流。那日刚巧是端午节，按照传统习俗是要划龙舟、吃粽子、佩香囊、插艾草的。不知道是不是因为忆起端午节屈原投江的故事，联想到自己今日孤身一人的悲凉处境，吕碧城显得有些凄然，满目湖景也仿佛笼罩上了一层淡淡的哀愁。一阕《满江红》，饱含了她伤离别的满腹心事。此别经年，等到下次再见，共赋诗文，却又不知何年何月了：

> 旧苑寻芳，尚断碣、蝌文未灭。石湖外，一帆风软，碧烟如抹。荔叶正鸣湘云怨，菱花又梦西溪雪。又红罗、金缕黯前尘，儿时节。
>
> 人天事，凭谁说；征衫试，荷衣脱。算相逢草草，只赢伤别。汉月有情来海峤，铜仙无泪辞瑶阙。待重拈，彩笔共题襟，何年月。

这阕词，吕碧城也寄赠给了好友樊增祥。樊增祥回以一阕《满江红》见寄赋答：

> 双桨吴波，正老去、江郎惜别。金翡翠，南来传语，自书花叶。沧海泣乾饺帕雨，碧湖唤起娥眉月。又山塘、七里试龙舟，中天节。
>
> 青雀舫，歌三叠；红鸾扇，词一阕。算菱讴越女，万金须值。雪藕丝牵长命缕，绿荷风绉留仙褶。只天西，遥望美人云，长相忆。

多么美好的一个端午佳节，老夫我却要和碧城女士依依惜别，从此海天一方，碧城女士的情影只能留在曾经的记忆里。此去西天，远离故乡的人儿应是泪湿罗衫，而留在原地的我呢？只有遥望西天的云彩，深深思念远行之人。我知你云游四海的坚定意愿，既然无法挽留，那么，就祝福你一路平安吧。去到那个陌生而文明的西方国度，去探求你想要得到的真理，早早学成归来！

费树蔚也赋长诗《送碧城之美国》一首临行相赠。这首诗写得情深意长，充满了友人离别的怅然和牵挂。最后四句："送子为天河浣纱之行，赠予以阳关咽笛之声。鹤书早寄珍珠字，百年会有相逢地。"吕碧城一读再读，友人的细细叮咛切切嘱咐击中了她内心深处最柔软的那一部分，晶莹的泪水像断线的珠子一样的落在信笺上，心中满溢的，是对友人的感激和敬爱。

3

1920 年 9 月，吕碧城终于如愿以偿，踏上了前往美国的征途。

秋日的太平洋，一望无际的蔚蓝海水多情而温柔地拍打着海轮的船身，激起朵朵浪花。吕碧城斜倚在船舷边，眼望着一轮红日从海平面冉冉升起，一开始还与海平面胶着纠缠，但一瞬间就挣脱了束缚奔突升空。那样灿烂耀眼的红，美得摄人心魄。朝霞万丈，给海面铺上五彩的光芒，也给站在甲板上欣赏日出的人穿上了五彩的羽衣。天际茫茫，即使是跨海巨轮，在这广袤无边的太平洋上，也只能算是沧海一粟。巨轮尚且如此，更何况是人呢？在大海之上，人类显得如此渺小，就像一粒尘埃，随时随地都会被海风吹走，被浪涛吞没。所有的喜怒哀愁，此时此刻，也变得微不足道起来，似乎没有什么大不了，也没有什么放不下的了。

沐浴着朝霞的洗礼，吕碧城思绪万千，无可名状，只有赋诗一首，记录下彼时心情：

> 霞彩缤纷遍海天，尽回秋气作春妍。
> 娲皇破晓严妆出，特展霓衣照大千。

入夜，船上的旅客大都伴着船行浪花的拍击声进入了香甜的梦乡。吕碧城却无心睡眠，她披上外衣走上甲板，眺望夜空。海风凉凉，空气甚好，漫天的星子点缀在幽暗的夜空，向她狡黠地眨着眼睛，似乎在揣度她此刻的心情。远方，一个从未踏足的国度正向她招手，该激动吗？该兴奋吗？或许都该有，但是，又为何此时此刻，在吕碧城心中，竟平静如水，无欲无求？

船至夏威夷群岛的火奴鲁鲁（即檀香山）停靠补给时，吕碧城匆匆下船，把这首观日出诗寄给了诗友樊增祥。出人意料的是，她刚刚踏上旧金山的海岸，樊增祥的唱和诗就已经"飞"到了大洋彼岸：

> 万里沧溟一鉴开，红云捧日照蓬莱。
> 灵娲晓御銮舆出，端坐金银百尺台。
>
> 惊倒人间赵马儿，扶轮碧眼赤须眉。
> 宁知天际乘鸾女，独立苍茫自咏诗。
>
> 海心山色浴红檀，争拜中原女坫坛。
> 莫把惊鸿轻照影，须从麟阁上头看。

其实，太平洋的海上景观虽美轮美奂，蔚为壮观，但多日舟行劳顿，除了食物的单调、身体的困乏，亦倍感无聊。正是樊增祥、费树蔚、李经义等众多诗友的赠诗、鼓励，支持吕碧城度过了十几个漫长的海上日夜。

4

终于，旧金山近在眼前了！或许是习惯了船上的颠簸，真的下船踏上坚实的土地，吕碧城竟感到脚步有些许不稳。

一下码头，吕碧城就收到了中国驻旧金山领事馆工作人员献上的一大束鲜花，娇艳欲滴的花束似乎在热烈欢迎她的到来，同时，这也表明了美国商界对她的欣赏与认可。

和同行的其他旅客不同，吕碧城对陌生地域总是充满了强烈的好奇心。她没有和那一百多名同船的中国留学生一起窝在旅馆里歇脚躲避旧金山的大雾天气，而是随领事馆的陶书记一起，跑出去游览旧金山的城市风貌。华人如织的唐人街、金门、图书馆等地都留下了她的足迹。每到一处，吕碧城都睁大双眼仔细地看，认真地听，似乎要把美国的风土人情、历史沿革全部都刻在脑海里带回去。虽然是雾里看花，但雾中的崇楼杰阁和千百美术雕刻的大理石像别有一番景致，恍如身处另一个虚幻缥缈的世界。

吕碧城只在旧金山短暂逗留了几日，便不顾众人劝阻，一意孤行前往纽约。所有人都劝她等候大家一起启程，因为听闻纽约诸多危险，经常发生抢劫案。可是吕碧城兴致正高，哪里听得进去旁人劝阻，于是一个人搭了火车，驶过万山之顶，花了四天四夜，来到了日思夜想的纽约城。

虽说华盛顿才是美国的首都，也是美国政治和文化的中心，但是和纽约相比，华盛顿实在是盛名之下难副其实。

纽约，是美国最大的城市及第一大港，也是一座世界级城市，世界三大金融中心之首（另外两个为伦敦和香港），直接影响着全球的经济、金融、媒体、政治、教育、娱乐与时尚界。联合国总部和世界上很多国际机构和跨国公司的总部都设在纽约，因此被世人誉为"世界之都"。由于纽约24小时运营地铁和从不间断的人群，纽约又被称为"不夜城"。

这样一座著名的国际化大都市，对于吕碧城来说，是既新鲜又热闹，正迎合了她性格中喜"动"的一面。她没有直接去到哥伦比亚大学，而是把下榻的地点选在了上西区号称世界最大的"Hotel Pennsy Lvania"旅馆。

5

要知道，当时的"Hotel Pennsy Lvania"宾馆是美国最豪华的旅馆，每日住宿费用自然极其昂贵。美国的富豪巨贾都以能住进这家店为荣，可以说，能成为"Hotel Pennsy Lvania"的顾客，标志了这个人的身份非同小可，非富即贵。即便如此，那些富贵人家也只是在这里小住几日，最多十天半月便离去，但吕碧城在这里一住就是六个多月，足可见吕碧城家产殷实，资金雄厚。

一个来自东方国度的，年近四十的单身女子初来乍到，住进了如此豪华的国际旅馆，而且穿着考究，出手阔绰，想不引起别人的注意都难。很多人以为吕碧城是某个东方国家的公主。也难怪，吕碧城天生丽质，相貌出众，气质高雅，谈吐文明，可不就是标准的东方公主范儿！

刚入住旅馆的时候，吕碧城就和一位热情似火的金发碧眼的美国女孩，也就是旅馆楼层总管（Floor Clerk）交上了朋友，常常一起天南海北地聊天。

说起和这位楼层总管的相识，还有一段趣事呢！吕碧城刚到"Hotel Pennsy Lvania"旅馆，正仰头仔细阅读大厅里的指示牌，忽然背后冷不丁被人拦腰抱住，顿时吃了一大惊，心想自己刚刚来到纽约，连半个朋友都没有，会是谁和自己开这样的玩笑呢？回头一看，却是一个金发玉齿的女子，朝她嘻嘻笑着，告诉她自己是本层楼的总管事。咳！这样打招呼的方式，真是闻所未闻，在国内几乎是绝不可能的事情。也只有在纽约这样的西方大都市，才能领教一二。虽然吕碧城觉得此人极其圆滑，常常逢年过节赠送礼物笼络客人，但异国他乡，能有这样的人在一起聊聊天，打发打发时间，倒也不是件坏事，一来二去，两人倒也成了一对密友。

渐渐地，吕碧城在纽约建立了自己的社交圈子，和她来往的，不乏富豪、政要、贵妇人、新闻记者等等。在那些身材肥胖、穿戴珠光宝气、动辄谈名牌香水包包的贵妇人面前，吕碧城的清丽脱俗显得如此与众不同。她就像一只孤傲的孔雀，大有鹤立鸡群之感。

一次，吕碧城收到纽约一个女富豪的宴请，要赶去赴晚宴。这位女富豪叫席帕尔德，住在五马路，堪称全美国最有钱有势的女人。五马路地价非常昂贵，非大商家和大富豪是住不起的。上海最繁华的大马路与其相比，也无异于僻陋的村市。或许是因为她太有钱了，以至于一般男人都不敢主动向她求婚。她曾捐助巨款给士兵和水手建了一座藏书楼，士兵和水手们在马路上遇见她都要向她行礼。

赴宴前，吕碧城到旅馆里的理发店梳头，专门给她梳头的服务小姐道亦尔听说她要见的竟然是席帕尔德夫人，一边羡慕得五体投地，一边眉飞色舞地跟她谈这个富婆的资产如何了得，要她见到席帕尔德夫人以后如何讨好，如何请求资助，因为没有什么是夫人办不到的事情，她简直就是第二个上帝。吕碧城不动声色地听着，最后理完发，淡淡地说了一句："你知道么，我比席帕尔德夫人还要富呢。"把道亦尔惊得目瞪口呆。怔了一怔以后，说："那么我失敬了。"

其实，不怪理发的服务小姐长了一双势利眼，逢人便使劲地搬弄口舌。在纽约这座寸土寸金的不夜城，谁有钱谁就是上帝，有钱就能通神，能办到一切看似不可能的事情，有钱还能使鬼推磨。谁不爱钱？谁能抗拒金钱的诱惑？谁不羡慕嫉妒有钱人一掷千金？当他们自己和富豪的生活距离遥远时，富豪们的生活便理所当然成了他们茶余饭后的谈资。想来，吕碧城离去后，她的光临，也会给这家理发店带来不小的冲击，接下来的一两个月甚至更长的时间内，关于"席帕尔德夫人和神秘的东方公主谁更有钱"的讨论会一直持续下去，所有不相干的人都会为之争论不休。

6

当然，除了那些富豪、政要、贵妇人、新闻记者，吕碧城也和普通民众交往。与社会名流交往固然扩大了交际圈，拓宽了视野，那些觥筹交错的官方场合走一圈下来却也累得很，不如与普通人交朋友来得简单实在。譬如那位富豪席帕尔德夫人，不是也为工人罢工的事情苦恼吗？

吕碧城在舞厅结识了一位姓汤姆的年轻人，不但舞跳得好，文采也很好。她不在乎他是一个普普通通的美国工人，和他像其他朋友一样，一起跳舞、一起喝咖啡、吃饭、看戏，汤姆还总是主动付账。不过，这段难得的异国友情却因为一次小小的误会无疾而终。

中国人的习惯，交友之初，便把姓名、住址、年岁、籍贯、职业探问得一清二楚，但是在外国，这样的探问被认为是很没有礼貌的冒昧之举。吕碧城未出国前，曾遇一外国人士，如法探问，结果那个外国人回敬她："你问话像律师一样。"所以，吃一堑，长一智，接受这次的教训，此行纽约，吕碧城再不主动探问他人的任何信息，和汤姆一起跳舞，也就是互通姓名，不问其他。

　　一天，汤姆对她说："我猜你的地位很高，我不敢瞒你，我是个工人。你须酌量，要是你的富贵朋友知道你跟我来往，他们就不跟你来往了。就连这个跳舞场，也不是上等地方，全是穷人来的。"吕碧城回答道："我并不是势利的人，别人的富贵，与我何干？况且我是经济独立的，不靠别人生活。"汤姆见她如此说辞，便回道："你既不怕，我便心安了。"

　　也是在一场舞会上，汤姆照例过来邀请吕碧城跳舞，吕碧城告诉他早先已经有人约了她，那个约她的人是同住这家旅馆一位银行总理姓贝士林的，据说是塞尔维亚首相的侄子。或许正是这句无心的话，刺伤了汤姆敏感的心，舞会散场后，吕碧城就再也没有见过他，就连想当面道歉补过的机会也没有了。为此，吕碧城常常自责，不肯饶恕自己，也就此再不与贝士林交往。

　　这世间，总是有这样那样太多的误会。或许是相交不深，汤姆并不知道，吕碧城根本不是那种势利小人，在她骨子里，充满了对贫苦大众的同情和关爱。在她眼里，达官贵人和普通百姓是平等的，没有谁注定比谁高贵，没有谁高人一等。倘若吕碧城真是那种势利小人，她一开始又怎会和汤姆交朋友呢？银行总理是邀请了她，她也只不过是实话实说而已，怎会料到汤姆竟如此敏感，用一道门户、贫富等级的鸿沟，将一份宝贵的友情生生撕裂开来呢？

　　或许，这就是真实的美国。穷的穷，富的富，穷人和富人之间，永远存在一条无法跨越的鸿沟。资本主义国家所谓的民主、平等、自由，不外乎政治家们大声呼喊的口号，真正民主、平等、自由的路，还很遥远，要想到达理想天国的彼岸，一路上充满荆棘、汗水、艰辛。

7

来美国纽约，吕碧城的主要任务不是社交，而是求学。社交当然也是她生活的一部分，但更主要的是在美国的大学里接受先进的西方人文教育，丰富、充实已有的文学、科学知识，训练高超的外语能力，比较国内和国外教育方法方式和教学内容上的不同，在传到授业解惑方面得到更多的启发。

吕碧城在哥伦毕业大学是旁听生，主修英语和美术，同时她还有一个特殊身份——上海《时报》的特约记者，把她眼中的美国写下来，发回国内发表，让国内的人民和她一起看放眼世界。

虽然与大学里其他年轻的学子相比，吕碧城明显年龄偏大了一些，早已错过了求学的最佳时期，可是，她不自怨自艾，不后悔自己的选择。有梦想，有担当的人，总比一辈子浑浑噩噩的人过得充实愉快。实现梦想的过程是快乐的，义无反顾的。就像有人喜欢吃高粱饴糖，于是开始种下一亩高粱，浇水、施肥、收获高粱、脱粒、研磨成粉、配以水、淀粉、白砂糖等细火慢熬，制成饴糖。制糖的过程是缓慢的，等待的心情也是焦急的，但是，当你将亲手制作的爱吃的高粱饴糖放进口中，那种甜蜜滋味，可是从商店里买回来的糖绝对不可能有的。就像你躺在自己的床上念叨国外留学怎么怎么好，却天天躺着不动弹，只配做一辈子的井底之蛙，眼看着井口的那方蓝天。不努力，不作为，又怎能体会到跋山涉水，跨越太平洋，来到异国他乡的那种发自内心的激动与欣喜？

吕碧城就是那个吃到亲手熬制的高粱饴糖的人。她把糖果含在嘴里细细品味，而不是急着一口嚼碎了吞下肚。她徜徉在哥伦比亚校园的林荫道上，用敬畏的目光投向校园里那些高大雄伟的建筑，心里激荡着对哥伦比亚大学那些享誉世界的名教授的崇敬之情。她一面用心阅读英美文学原著，一面通过日常社交锻炼自己的英语口语对话能力。两年的刻苦学习下来，她的英语水平有了很大的提高。她还利用假期尝试翻译《美利坚建国史纲》，回国后完稿交付大东书局出版，这无疑是她在哥伦比亚大学的优异成绩，也是一份意外收获。

美术课也是吕碧城十分喜欢的一门课程。绘画和音乐一样，修习的过程也就是陶冶情操的过程。吕碧城显然很享受这个过程，她常常背着画板，来到海边的沙滩、热闹的大街、幽静的小树林写生，练素描、也画水彩、油画。沙滩、遮阳伞、冲浪的人、咖啡屋、酒吧、饭馆、笔直的行道树、浅浅的水湾、男人、女人、孩童，全都落到她的画笔下。只可惜，她的这些习作，回国后没能很好地保存下来，一张也寻不到了。

8

吕碧城来到纽约哥伦比亚大学求学，先她两年来哥大求学的好友张默君已经学成归国，一对好友擦肩而过。不过，吕碧城还是不虚此行，在正常学习之外，她有幸结识了校友杨荫榆和凌楫民。共同的志向和爱好，使得他们成为十分要好的朋友，经常相聚在一起交流心得，互通有无，使得大洋彼岸的留学生涯不再枯燥乏味。

杨荫榆，江苏无锡人，曾就读于上海务本女中，1918 年赴美留学，获哥伦比亚大学硕士学位，1924 年任北京女师大校长，是近代史上第一位女大学校长。1927 年起任教苏州女子师范学校、东吴大学、苏州中学。她是著名作家、翻译家、外国文学研究家、钱钟书夫人杨绛的三姑母。凌楫民，浙江吴兴人，曾任北平大学法学院教授和上海法律事务所律师。1941 年任汪伪立法委员，伪维新政府上海特别市社会局局长。这两位新结识的好友中，又数凌楫民与吕碧城关系更近一分。

早在吕碧城来哥大之前，凌楫民对她的诗词造诣和爱国抱负就已经有所耳闻，吕碧城所做的《革命女侠秋瑾传》在纽约、芝加哥的大报上刊登，也是得益于他的介绍。如今海外相见，自然分外惊喜，少不得诗书往来，你唱我和。凌楫民回国后，还致力于吕碧城诗词作品的收集整理推介工作，一度把吕碧城《信芳集》中的近十首作品，另有《念奴娇·为刘豁公题戏剧大观》《洞仙歌》等吕碧城当年创作的最新作品，刊登在 1928 年由报人耿钧在北平投资创办的《丁丁画报》上。

都说人生有"四大喜"：久旱逢甘霖，他乡遇故知，洞房花烛夜，金榜题名时。他乡遇故知排名第二位，足可见其喜不自禁。有些人，你可能从未谋面，但你通过某个渠道知道他、熟悉他、了解他，他就像你某个掏心掏肺的朋友，你没有任何理由地信赖他、喜欢他、甚至爱他，就像你们已经是日日相见十分熟稔的知己。等到有朝一日你们真的在现实中相见，你的眼睛一定会发出一声惊呼——哎呀，是你呀！而对方也一定会意一笑，听到你的眼睛里发出的呼声。就是这样，要多神奇有多神奇。尤其是在距离故国 2 万公里的异乡聚首，那份欣喜便更加弥足珍贵了。

9

远离故国的游子，对故土自然充满了思念之情。尤其是到了春节、端午、中秋这些传统节日，孤身在外的炎黄子孙总是满怀惆怅，要么一人喝闷酒，对影成三人，要么邀上三五好友，吃喝嬉闹，聊以打发寂寞。

许是思乡成疾，又或许是水土不服，吕碧城来到纽约之后，7月份开始生病了。虽然身处纽约这样消费水准超高的国际化大都市，但她根本不用担心饮食上面的花费，吃穿住用都不犯愁，不像其他的中国留学生生活那样窘迫，不但生活上省吃俭用，而且还常常遭受歧视。可是，这里的饭菜哪有家乡的可口呢？哪怕是一盘青菜豆腐都养人哪！早在1904年开始大力筹办女学时，吕碧城就因过于劳累，落下了胃疼、心疼的病根，如今旧病复发，身边连个照应的人都没有，每餐只能象征性地喝一杯牛奶或者一碗鸡汤聊以充饥。在别人眼里，吕碧城无疑是个成功人士，自费留学，出入豪华旅馆，大富豪的座上宾，社会高层圈内人，谁能想到她所有荣光背后的孤单落寞，真是可怜可悲可叹啊！

这次生病，吕碧城用白话文详细记录了始末，以"圣因女士"的署名连载刊登在上海出版的《半月》杂志上。这也是迄今为止发现的吕碧城唯一一篇白话文学作品。

7月9日，吕碧城病了。早早躺下，却无法入睡，只好拿几本杂志闲看。杂志的插画里有一幅插画《宋园鬼影》，看得人毛骨悚然。乔治差人从门缝里塞进来一封信，吕碧城也心灰意懒，懒得去看，就像参禅的人大彻大悟似的，对朋友随意敷衍起来。过几个钟头，吕碧城忽然听见门厅有奇异的声响，惊吓得不轻，以为房间里有鬼气。

11日，纽约城下起了雨，吕碧城百无聊赖地窝在旅馆里，给朋友们回信，转而又去楼栏间，看旅馆大厅形形色色的旅人忙忙碌碌。想到自己如沧海一粟飘摇不定，竟不知生存的目的何在，心下叹息。

这一晚，吕碧城照例睡得很早，她仿佛看见几株高大的树木，开着细小的白花，花已经半谢了，而自己的身体则在空中游行，就擦着这些花树飞过去，飞到一些盛开芬芳细腻的白花的小树间，抱住这树大哭，悲恸而绝。当时惊醒，发现不过是一个梦，梦醒了，泪痕犹在。

12 日，吕碧城觉得自己的身体微微发热，晚上睡觉时，忽然觉得心跳很急，久久不止，疑心得了心脏病，倏忽便会死去，于是摇响电话，喊了旅馆的医生来看，明白告诉医生："如有危险，请你明白告诉我，不必隐瞒。"医生拿听筒听过以后，回道："没有危险，你的心很好，和我的一样。"一边拿出处方单准备开药。吕碧城说："你不必开药，我是向来不吃药的。"医生问："那你叫我来何用？"吕碧城答："我请你来验验我的病的，如果紧要，我须请律师，立遗嘱。"

有家室的人，很少能体会吕碧城这样近乎病态的敏感情绪，竟连这样一点点风吹草动就患得患失，怀疑将不久于人世。也是啊，独身一人，饥寒饱暖唯有自知，头疼脑热也只有自己照顾自己。一旦有朝一日离世，竟无一人处理自己的身后事，能不能入土为安还要打个问号，想起来难免伤心。有时候，病的不是身体，而是人的心。

吕碧城心高气傲，在最适宜的婚龄选择了独身一人终老，就注定要为她自己的选择付出代价。寂寞滋味在青春年少时尚不易觉察，一旦步入黄昏，就像凋零的花朵，身边再无蜂蝶殷勤环绕，那无边无际的孤独就会时时刻刻分分秒秒提醒你它的存在。你枯坐在一个人的房间，耳边是时钟的秒针滴滴答答走动的声音，你会清晰地感觉到生命正在一点一滴地流逝，无边的黑暗就像潮水一样朝你涌来，仿佛一瞬间就要把你吞噬。

10

好在时日不久，吕碧城的病就好了，各种担心也暂时放了下来。静心学习之余，吕碧城仍不忘关心国事，思考国富民强之策。她常常翻阅国内寄来的报纸，看国内局势纷乱如麻，糟到无可救药，心情立时烦厌得不行。她不明白为什么那些捣乱的人，一个个兴高采烈，似乎永远没有厌倦的时候。

报纸上还刊登了一些驱蝇、灭蚊、防疫的报道，种种忙碌。吕碧城旅居纽约，早已看不见蚊蝇，几乎要把它们都忘记的时候，一张报纸，又把她拉回到国内的现实状况。别人总以为她过着灯红酒绿的生活，怕是早已乐不思蜀，又有谁知道家国的隐痛已是痛心刻骨呢？

对于国内的战乱纷争，她曾流涕陈词，修书一封，寄给一位"最有权力的人"：

当代政界诸公不解西语，不与外人交际，所以没有国际的感触、世界的眼光。只知道在家里关起门来与同胞互争雄长。他日出门一步，遇见外人才知道，我国的地位在世界上卑微到何等。感触有多深，诸公固然自己身受不到的，但是既有了钱，诸公的子孙必然读西文，出洋留学，必有与外人相处的时候。就是不出洋，世界交通，西力东渐，华洋的交涉逐日地繁密，也无可避免。诸公何不捐除私斗，共救国家，为后世子孙做人的地位呢？

意思是说，中国人不要再窝里斗了，要把眼光放长远，为了后世子孙在世界上的地位，为了国人在他国受到应有的尊重，理应放下枪炮，合力治理国家，使国力雄厚，国泰民安。本来穷就已经遭人鄙视，既穷又闹分裂，更是遭人欺辱。

吕碧城的一封信写得诚恳之至，但可想而知，这样的信寄出去，结果必然是石沉大海。并没有人为了这样的一声疾呼幡然醒悟，放下屠刀，立地成佛。

但是即便如此，吕碧城还是没有放弃努力，及至她学成归国，仍然执着地为中国公派留学生制度发出质疑的呼声：

> （留学生）归国后政府不为奖励，任其各自谋生。迨大局几经剧变，习法政者得附潮流而跻要位，极轩冕煊赫之致，而都会黉校则沦于颓废，不值当局之一盼。其基础较深者又为少数把持，成暴民专制，一校犹一国之缩影焉。远道归来无援助之教育家贸然就职，率被驱逐侮辱。至医药、美术等家，则任其自生自灭，利禄不与焉。于是学者知择业之途在彼不在此，群驱而治法政矣。

吕碧城的行为，放到"各人自扫门前雪，休管他人瓦上霜"的今天来说，显得有点多管闲事。自己有钱有身份有地位，犯得着为政府操心吗？万一说得不好，被当局扣上个帽子压制下来，都是极有可能的。可是，吕碧城就是吕碧城，在她柔弱的身躯里，跳动的是一颗忧国忧民的心，从来都没有停止过针砭时政、改良制度的疾呼。

11

吕碧城留学美国，除了能熟练运用英语，略通法、德语言外，还有一个大收获，就是学会了跳舞。

那是吕碧城来纽约后过的第一个圣诞节，应中国驻纽约领事馆之邀，和杨荫榆、凌楄民来领事馆参加集会。其他国家的领事和夫人都滑进了舞池，华尔兹、伦巴、探戈，音乐忽而婉转，忽而激昂，舞者的身姿也忽而刚劲，忽而轻柔。

吕碧城不会跳舞，只能在旁边干瞪眼。但是，生性好强的她又怎甘心作壁上观？于是，她开始认真研习中外舞蹈的历史，自己也付诸实践，很快，冰雪聪明的她就掌握了各种舞蹈的动作要领，在舞场上挥洒自如，摇曳生姿，成为舞场上最耀眼的明星，众人眼里的焦点。

对于舞蹈，吕碧城的研究可谓相当专业。她为《丁丁画报》"跳舞专号"撰写的《跳舞考》一文，引经据典地记述了中国舞蹈的起源及其积极意义，显示了她的博学多闻，也表明了她对于舞蹈的态度，即越是文明，舞蹈越是被广泛而系统地推崇、运用。禁止人类舞蹈，等于是阻挠人的天性，是不可取的：

　　跳舞为国粹之一，非仅传自欧美也。吾国文化之兴，基于六艺。而乐与焉，乐于歌舞常相辅为用，见礼记及各经传。周礼所谓"乐师掌国学之政，以教国子小舞"，"春夏习干戈，冬秋习羽籥"，皆以舞列入学科之明证。八佾两阶，为庙堂祠享之用。又祭祀则鼓籥之舞，宾客享食亦如之，是且推行于宴会间矣。至若祖逖闻鸡，项庄拔剑，几于人尽能舞，非仅乐师伶工之专技也（今人不自习舞，而以舞为倡优之技，误矣）。且用之于丧葬者，见山海经"形天与帝争神，帝断其首，葬之常羊之山，操干戚以舞。"此与埃及之死舞，同为世界最古之发明，亦可异也。

　　西舞输入中土，当在唐代。白居易乐府胡旋舞云："天宝末年时欲变，内外人人学旋转。内有太真外禄山，二人最道能胡旋。"按今之 Waltz 译为旋转舞，当即尔时杨妃所习也……

总之，人类无分文野，本天性而发为歌舞，则同也。惟文明愈进，则跳舞愈成为斩然有统系之仪式。迂拘者目为恶俗，每禁戒其家属，勿事学习，此无异哀乐发于心，而禁其啼笑。拂人之性，古圣不取。舞之功用，为发扬美术，联络社交，愉快精神，运动体力。若举行于大典盛会，尤足表示庄严，点缀升平景象，非此几无以振起公众之欢抃也。

12

1922 年 4 月，吕碧城结束了为期两年的留学生活，绕道加拿大返回国内。回程路上，有一件小事不得不提。

那是轮船经过日本横滨（中国越洋大轮赴美国航线一般都在横滨中转），吕碧城随一群美国的妇女离船上岸游览。当时英国王子华尔士行将访日，横滨满大街灯彩缤纷，弥望无际。日本政府特地为华尔士的来访建立了行宫，富丽堂皇，无比壮丽。当她们走进行宫，看到一个个身着晚礼服的日本妇女，穿着锦制围裙，头上插着步摇，成队出入于长长的台阶和门槛间，气象严贵，恍惚如见东方古代文明，心头有一种很奇异的感觉。

这时候，一位身着欧式礼服，文质彬彬的日本青年趋前招呼吕碧城，用带着日本口音的英语热情地问这问那，从何处来，往何处去，学些什么，还给她递上自己的名片，还特别注上自己的地址，希望吕碧城回国以后多多联系。临走，除了一名长者与日本青年握手，同行的人都远远躲避。吕碧城本来也仅仅点点头，慌忙往廊外走，但日本青年绕过走廊门槛上的众多盆花，径直奔到吕碧城面前，主动伸出手来。出于礼貌，吕碧城伸出手轻轻握了握，但是还没等登上船，在渡板上就把日本青年的名片丢进了大海。一边丢，一边还默念："沉者自沉，浮者自浮，余某某，不友其仇。"

这件小事，吕碧城很快就忘记了。两年后的一天夜里，吕碧城梦见与家族成员正在灯下闲话，其乐融融。忽然仆人进来，递过一张名片。一看，正是两年前所见的日本青年。正在惊愕时，仆人又从外面扛着一个大箱子进来了，说是那个客人留下的，请吕碧城验收。箱子上面的邮票和旅馆封签，都是来自日本国。打开来以后，发现里面装满了绘画用的物品，以颜料和毛笔居多。母亲满脸冷霜，大声斥责："你这个不肖之子！我放纵你出国游学，你竟然滥交至此，和穿着木屐的日本人勾搭上了！"一边骂，一边抓起箱子里的东西往地上狠狠地砸。家人全都以鄙夷的目光看着吕碧城，看得她心里发寒，却什么话也说不出来。正窘迫间，忽闻工厂汽笛声响，惊醒才知刚才不过是南柯一梦，方才释然。

其实，按说日本岛国海洋性气候，国家也算是比较干净的了，还有白雪覆盖山顶的富士山，到处盛开的樱花，景色也算漂亮，但是在吕碧城眼里，一切都显得如此庸俗，似乎越美越形容可憎。还有那些衣冠楚楚，见了面点头哈腰的日本国民，按理说也算是很懂礼节，很客气的了，可是吕碧城却觉得跟日本人交往，只感到恶心、做作，浑身像被针芒刺痛的那种感觉，非常不舒服。正如她自己所言："这些年浪迹天涯，朋友遍及各国，惟独东邻日本没有一个朋友。""外交机阻，而私谊亦以隔阂。"大概是因为两国外交上的交恶，所以私交也因此隔阂了吧。

今天，我们回过头来看吕碧城当时的行为，不难理解，一个拥有崇高的民族气节的人，是会有这种反应的。1900年八国联军侵犯中国领土，强占北京。北京成了真正的坟场，到处都是死人，无人掩埋他们，任凭野狗去啃食躺着的尸体。列强烧杀抢掠，见到中国人就杀，见到妇女就奸淫，见到贵重物品就打砸抢。颐和园里众多价值连城的稀世珍宝被列强抢夺瓜分，最后清政府还不得不忍气吞声签订了《辛丑条约》，倒赔强盗们白银9.8亿两。这八国联军中，又数日本国派的军队人数最多。第一次世界大战，日本帝国主义的铁蹄又踏上了青岛，逼迫袁世凯政府签订了《二十一条》，控制了中国的税收、铁路和煤矿等经济命脉。从此，中国便与日本结下了不共戴天之仇。

既然是不共戴天之仇，又怎能轻易向自己的"敌人"卑躬屈膝呢？吕碧城连当年"师夷之技以治夷"都不愿意，又怎会和一个日本人有什么瓜葛呢？不是她胸怀狭隘，不够大气，实在是日本军人太过残忍，对中国人民犯下的罪行太深重，所以连带对日本国、日本人都毫无好感可言了。这正是吕碧城爱憎分明的突出表现，从这一点上来说，她是正直可爱的，也是值得中国人尊敬的。

13

落花流水春去也，天上人间。你还没有来得及眨眼，岁月就从你颤动的睫毛之上轻轻巧巧地溜走。

第一次留学就这样匆匆结束了。这两年，吕碧城和其他中国留学生简朴甚至略显窘迫的生活不同，过得有滋有味，舒适惬意。学校的生活是轻松快乐的，社交生活也流光溢彩，身边不乏二三知己和众多拥趸者，异乡生活一点也感觉不到寂寞。

　　资本主义社会文明程度虽高，但也存在抢劫、吸毒、强奸、杀人等暴力犯罪和种族歧视等其他诸多社会问题。你有钱，自然有人趋之若鹜，众星捧月，鞍前马后，拍马奉承；你若穷困，必然会被社会毫不留情地压榨、凌辱、抛弃。吕碧城放弃仕途转而经商盈利虽不是刻意为之，但前期集聚的财富无疑为她今后的求学求知之路打下了坚实的物质基础，使她在异国他乡免受饥寒交迫之苦，生命安全也得到了基本保障。

　　从这一点上来说，吕碧城是幸运的，她所拥有的生活标准也是众多人仰望的幸福的标准。可是，她真的幸福吗？有钱就有了一切吗？有钱买不来健康，只些微的病痛就疑心得了绝症要立遗嘱；有钱买不来真心，有几人能看穿她繁华背后的落寞，呵护她、照顾她、誓与她相伴到老同生共死？有钱也买不来快乐，白日的喧哗过后，回到空荡荡的大房子里，死样的寂静，有何快乐而言？

　　于是常常羡慕普通人的普通生活，那种平凡的快乐和幸福。丈夫、妻子、儿女，相亲相爱，互相照顾，无忧无虑。他们可能不是很有钱，但是劳动报酬够吃够用便心满意足。家庭成员无论走多远，心里永远都有一个温暖的港湾在原地，永远敞开大门等着他回家。惦记也是一件温暖的事，只要想起父亲母亲慈爱的面容，心里便会充满前进的力量。回到家，放下外界所有的纷扰，自由自在地躺在床上、沙发上、地板上，喝一杯茶、看一本书、听一段音乐，幸福，就是这么简单。

　　就是这么简单的幸福，吕碧城却无福消受。高处不胜寒，或许，曲高和寡的吕碧城，只能寄情于宗教信仰，六根清净，斩断人间情思，无求无欲，一心向佛，青灯相伴，找寻内心的平静和安宁吧？

第十章
驻足——归去来兮

1

　　回到国内的吕碧城，一边继续在沪上经营商业，一边翻译外国著作，一边与诗友们四处游览，诗词唱和，日子倒也过得丰富多彩、逍遥自在。也只有在这群同样舞文弄墨的诗友当中，她才能找到自己存在的价值，得到他人的欣赏与敬重。

　　1922 年 5 月，吕碧城归国后不久，同在哥伦比亚大学毕业的康有为母亲张妙华去世，吕碧城携友人前往吊唁，见到了这位久闻大名的传奇人物。

　　康有为（1858～1927），又名祖诒、字广厦、号长素，又号明夷、更牲、西樵山人、游存叟、天游化人，晚年别署天游化人，广东省广州府南海县人，人称"康南海"，清光绪年间进士，官授工部主事。出身于仕宦家庭，乃广东望族，世代为儒，以理学传家。近代著名政治家、思想家、社会改革家、书法家和学者，信奉孔子儒家学说，并致力于将儒家学说改造为可以适应现代社会的国教，曾担任孔教会会长。著有《康子篇》《新学伪经考》等。

康自幼学习儒家思想，1879 年开始接触西方文化。1891 年后，在广州设立万木草堂，收徒讲学，弟子有梁启超、陈千秋等人。1895 年，他到北京参加会试，得知《马关条约》签订，联合 1300 多名举人，上万言书，即"公车上书"。7 月，他和梁启超创办《中外纪闻》，不久又在北京组织强学会。1897 年，德国强占胶州湾，康有为再次上书请求变法。6 月 16 日，光绪帝在颐和园勤政殿召见康有为，任命他为总理衙门章京，准其专折奏事，筹备变法事宜，史称"戊戌变法"。后因慈禧太后的干预，维新运动失败，光绪皇帝被软禁，康有之弟康广仁被杀，康有为逃往法国。1913 年回国后，主编《不忍》杂志，宣扬尊孔复辟。1917 年，康有为和效忠前清的北洋军阀张勋发动复辟，拥立溥仪登基，不久即在当时北洋政府总理段祺瑞的讨伐下宣告失败。1923 年，康有为迁居青岛汇泉湾畔，购宅居住，题其宅为"天游园"。1927 年 3 月因病猝死。

1923 年春，康有为的二女康同璧来沪看望父亲，吕碧城得知消息，特意也赶去拜会。

康同璧，纽约巴纳德学院 1909 年届学员，致力于争取女权与改革。纽约邮报晚报曾引述她的一段话："等我念完书，我将回国唤醒中国妇女。我特别关心妇女参政权，望能唤起中国妇女实现其权利。"康同璧不但完成了学院中必修课的历史、人类学、哲学和教育学等 23 门课程，还不时陪伴父亲在世界各地游说，不遗余力地推动中国的改革运动，可谓"虎父无犬子"。1911 年，清朝灭亡，她回到中国，积极参与上海的妇女运动，通过集会和演讲呼吁将妇女的选举权视为一种基本的民主权利。她曾在中国最早的妇女刊物《女学报》任编辑并为之撰稿，这是中国的第一份女性期刊。她同父亲一样反对缠足，与其他女权运动者成立并领导"天足会"。她曾担任万国妇女会副会长、山东道德会长、中国妇女会会长等。1951 年后任中央文史馆馆员。1958 年，她编写了《康有为年谱》。"文革"中曾受到冲击，1969 年 8 月 17 日逝世。是一位杰出的女性，一位诗人、画家、社会活动家。中华人民共和国建国初期，毛主席曾接见过康同璧，一见面就主动与其握手，笑言康同璧 19 岁独自一人上印度寻父时所作："若论女子西游者，我是中国第一人。"

吕碧城与康同璧促膝谈心，两个同样从纽约西学归来的女子，对西洋世界和国内时局都有着差不多的理解和见地，言语间更多了一分知心。得知康同璧随父亲出逃国外，一度过着颠沛流离的生活，与自己的丈夫又不得不分居两地，吕碧城的心底对眼前这个面容憔悴的女人多了许多同情。

临别，康同璧以自己的诗集《华鬘集》相赠，吕碧城也赋诗数首以和：

> 翻手为晴覆手阴，韶华草草百愁侵。
> 桃花潭畔行吟过，怕指春波问浅深。
> 飞絮飞花遍锦茵，色身谁假更谁真。
> 春秾慧镜多渲染，不信灵犀可避尘。
> 英气飞腾荡绮思，亦仙亦侠费猜疑。
> 锦标夺取当春赛，肯惜香骢足力疲。
> 花在南枝太俊生，仙都弹指有枯荣。
> 和羹早荐金盘味，零落何伤此日情。
> 倦绣惟求物外因，自锄瑶草傍云根。
> 而今蕙带荷衣客，谁识天花散后身。

诗中对康同璧年少独自往印度寻父的过人胆识、异国他乡求学苦读、巾帼不让须眉球场竞技夺标等经历给予了很高的赞誉，但同时也对其海外飘零、居无定所的现实生活表示了深深的叹息，转而奉劝康同璧"蕙带荷衣"，求佛问道，归隐山林，不问世事，以求心安。

其实，康同璧的遭遇，和自己的遭遇又何尝不是一样的呢？但凡有识之士，早已洞悉国家的危机，并不惜血荐轩辕，上书当局以求变革。只可惜，昏庸无能的执政者又怎能有他们的远见卓识，他们墨守成规，害怕革新，害怕骚乱，害怕民众的觉醒，不惜武力镇压，戕害了一批又一批热血儿女。吕碧城的闺中密友秋瑾、谭嗣同等骇然在列。这些有识之士，有的大义凛然，慷慨赴死，有的黯然退隐，寄情山水。只是，谁能体会个中冷暖，一腔爱国之情无以为报的无奈？

2

1925 年 5 月 30 日，上海爆发了震惊中外的"五卅惨案"。上海学生两千余人在租界内散发传单，发表演说，抗议日本纱厂资本家镇压工人大罢工、打死共产党员工人顾正红，声援工人，并号召收回租界，被英国巡捕逮捕一百余人。下午万余群众聚集在英租界南京路老闸巡捕房门首，要求释放被捕学生，高呼"打倒帝国主义"等口号。英国巡捕竟开枪射击，当场打死十三人，重伤数十人，逮捕一百五十余人。

惨案发生后不久，吕碧城到南京看望大姐吕惠如，偶遇镇江来的沈月华女士，两人同仇敌忾，对英人开枪射杀中国同胞的行为十分气愤。在寻找住宿旅馆的时候，听闻所下榻的白下区"惠龙旅馆"是英国人开的，当下决意退出另寻住所。但因没有其他更好的去处，只好暂且安顿下来。一开始两人各开一间房，沈月华女士坚持去掉一间，两人合住一室，沈月华女士住下铺，吕碧城住上铺，节约下来的住宿费用捐出来资助倡议辍业的工人。

那一晚，吕碧城在上铺高卧晏然，而沈月华女士在下铺则被蚊虫叮咬得几无完肤。虽若此，沈女士却毫无怨言。次日，吕碧城返回上海，沿途散金支援学生募捐，余资百元也系数捐助"五卅惨案"中辍业的工人。

3

吕碧城与沈月华女士相约，同游苏州，拜访苏州的老朋友费树蔚。次日，费树蔚在旁氏鹤园宴请两位女士，当地名士金松岑席间作陪。

当日，苏州的天空下起濛濛细雨，鹤园的白墙窗棂、长廊曲折、池塘假山、松柏群花，沐浴着雨雾，远看过去，像一幅精巧别致的江南烟雨山水画卷，画中透着那么一股沁人心脾的仙气和灵气。

席间，吕碧城慷慨陈词，畅谈国事，对英军屠杀手无寸铁的中国同胞痛恨至极，义愤填膺，对当局的昏庸无能甚而无语，一再流露出看透世事，欲漫游欧洲再不复还的意愿。席中数人闻听此言，无不愤慨。

宴毕，费树蔚邀请吕碧城等同游鹤园。微微细雨中，吕碧城诗兴大发，作《苏宁纪游诗》各一绝：

> 娥虹身世本飞仙，神彩常流霁后天。
> 伴我明妆人似月，熟梅佳节雨如烟。

> 拾翠无从拾坠欢，十年几看六朝山。
> 人间何事堪回首，莫怪江流逝不还。

费树蔚不愧是诗坛奇才，听了吕碧城的诗作，脑筋一转，就已成竹在胸。只见他略一思索，两首浩然大气的诗句便从嘴边吟出，惹得沈月华女士击掌叫好。耳听为虚，眼见为实，能与几位诗词名家同游鹤园，所闻诗句句句精妙，把烟雨时节的苏州园林美景和对时局的忧虑情怀不落痕迹地融汇在一起，真是不虚此行：

> 三年几日能欢笑，意外逢君携伴来。
> 软语一灯留掣雷，定心千劫拨寒灰。
> 雨中池榭深杯识，应半笙歌倦枕哀。
> 左江风流垂尽矣，谈何容易刬船回。
>
> 市声浩浩说攘夷，汤火魂飞有异辞。
> 倚柱歌声出金石，报堂英气迈须眉。
> 武陵招隐晋渔父，泰华登真秦子遗。
> 便可一廛相料理，十洲风满去何之？

第二天，意犹未尽的一行人又相约乘游艇同游吴江。

吴江属于太湖支流，水域河道纵横，水清波缓，舟行水中，倒影如虹，烟波飘渺，犹入仙境。两岸湿地，皆隐藏有禽类巢窝。游艇过处，常常惊起白鹭振翅腾空，在他们头顶盘旋鸣叫，倏尔划过一道白色的弧线落入野草丛中，遍寻不见，饶有野趣。乘舟之人，似乎也被这湍流不息东去的江水勾起了万千思绪，少不得又有一番创作。

费树蔚首先献宝，诗作四首，记录了吴江的美景与同游的心境，还把吕碧城与沈月华女士同住一室遭蚊叮虫咬的趣事也写了进去，惹得金松岑捋着两撇山羊胡哈哈大笑：

一舸中流望若仙，凄馨明月满诸天。
更无纨扇挥斜日，但有风芦掠晚烟。

草草经行强作欢，清瞩何事避钟山。
雷车散得天钱讫，便抵山阴兴尽还。

身斗饥蚊不美仙，沈娥此义动云天。
如何君作元龙卧，绡帐深深芍药烟。

飘灯别馆不成欢，接淅而行气涌山。
未会六朝烟水味，但看赤日槁田还。

吕碧城也毫不示弱，一出手便是六首佳作，博得众人啧啧称赞：

昔闻缩地长房仙，更缩由旬一杵天。
鞚入吴峰同闷损，三分金粉七分烟。

桂丛招隐美诗仙，香满华严卅六天。
待把高鬟双绾就，半笼吴雨半吴烟。

夷齐甘作采薇仙，故园仇雠不共天。
岂比村姑矜小节，露筋祠树渺秋烟。

青史黄粱各自欢，他年佳话纪名山。
玉成月姊千秋义，一枕游仙梦乍还。

飞霙掣电自成欢，翠掠车窗饱看山。
汉女湘娥同邂逅，偶然剑合便珠还。

泪满东南强作欢，移文慷慨誓移山。

点金幸有麻姑爪，散尽天钱去复还。

　　吴江一别，众人相约秋日再来苏州观赏桂花。秋风过后，金桂、银桂，小小的花朵开在绿叶枝丛，近闻香气浓郁，甚而有些呛鼻，你只需走近一些，香味才不浓不淡正适宜。其实也不必特意去观赏桂花，金秋时节，满城桂花飘香，无须劳顿双足，平常院落皆弥漫着桂花特有的馨香。

4

　　赴赏桂之约后，吕碧城在苏州尚有一事要办，原来是探望哥伦比亚大学的校友杨荫榆。

　　1924 年，杨荫榆担任北京女子师范大学校长一职，才做了一年校长，1925 年便遭遇北师大的学潮，鲁迅与当时的教育部长章士钊打起了官司，学生游行，捣毁了章士钊的住宅，还集体要求封建家长制作风的校长杨荫榆"下课"。形势所迫，段祺瑞政府免除了杨荫榆的校长职务。次年 8 月，她又不得不卷起铺盖，回到无锡老家，时日不久，又投奔在苏州的哥哥。

　　哥大一别，光阴似箭，弹指间又过了四年有余。吕碧城见当年意气风发的哥大校友，如今被自己的学生一脚踢开，终日无所事事，心里很不是滋味。可是，她也不能苟同这位校友不支持学生爱国运动的行为。相见一番叙旧，吕碧城好言安慰，并赋《柬同学杨荫榆女士》诗一首以赠：

　　　　之子近如何，秋风万水波。

瀛黉怀旧雨，乡国卧烟萝。

吾道穷弥健，斯文晦不磨。

狂吟为斫地，重唱莫哀歌。

　　这首诗回忆了两人当年哥大校园同学的美好时光，奉劝杨荫榆不要沉迷于栖隐之所，鼓励她保持文人气节，越是处境穷困，越是要志节坚健。

　　此时的杨荫榆，还没有从学潮落水的消沉中爬出来。吕碧城前往探望赠诗，对她来说无异于雪中送炭。这句句诤言，就像黑暗中的一道光亮，重新点燃了她心中希望的火种。之后杨荫榆继续献身教育事业，在数所学校执教，1935 年还在娄门创办二乐女子学术社，自任社长。1937 年日军侵占苏州，杨荫榆数次到日军司令部提出抗议。为保护险遭日本鬼子强暴的两名妇女同胞，在苏州盘门外吴门桥死于敌寇乱枪，葬于苏州灵岩山绣谷公墓，时年 54 岁。

　　一个留学美国高等学府，获得硕士学位的优秀女学生，就这样香消玉殒了。我们暂且不去评论杨荫榆在执掌大学期间的功过，只凭不畏日寇凶顽，挺身而出保护自己同胞的勇气就值得所有人的敬佩。她虽然英年早逝，但却死得何其壮烈！想来，杨荫榆学潮退隐后的觉醒，与吕碧城的开导和鼓励也有很大关系吧？

　　时光荏苒，岁月如潮，卷起层层浪花，卷起代代潮人的风流往事，带入一望无际的大海。那些曾被刻在沙滩上的辉煌平庸，也会被海水的涨落悄悄抹平，消逝无踪，再也看不到半点深深浅浅的痕迹。只是，海风里会传来阵阵欢歌，唱着他们曾经的悲欢荣辱，是非功过且留给一代又一代的后辈人去评说。

5

吕碧城决意云游欧美，与 1925 年大姐吕惠如突然病逝也有一定关系。

大姐吕惠如与吕碧城一向姐妹情深。她曾为妹妹新办女学一事特意跑到天津，请求英敛之加以关照，还亲力亲为在妹妹辛苦操办的北洋女子公学担任女教习。1918 年吕碧城首度出国前夕在天津病重，她又专程从南京赶往上海，把她接到南京就医。等到吕碧城病情稍有好转的时候，又把她送去江宁县的汤山温泉疗养。

得到大姐病故的消息，吕碧城悲恸不已，立即放下自己的一切事务，启程赶往南京奔丧。谁料到，大姐尸骨未寒，家中就闹起了财产风波。彼时，吕惠如的丈夫严象贤，也就是舅父严朗轩的儿子已先于妻子过世，故惠如一走，家中又起纷争，甚至为了遗产闹起诉讼。姐姐的著作与遗产皆被攫夺，此情此景，与当年父亲吕凤岐病故后的那场族人争夺家产风波何其相似！

父母亲早已驾鹤西去，小妹吕坤秀也于 1914 年亡故。如今，最爱自己的大姐也撒手西归，只留下二姐和自己。而与二姐又多有不和，仿若自己一个人活在这苍茫的世上，无牵无挂，了无生趣。"本是同根生，相煎何太急！"相信彼时彼刻，吕碧城的心在流泪，在滴血，在控诉！

时年 3 月，蒋介石制造了中山舰事件，加紧限制共产党的活动；7 月，国民革命军在广州誓师北伐；10 月，中共中央和上海区委组织上海工人举行武装起义。一边是军阀混战，内乱不断，一边是日本帝国主义无视中国主权，派军舰驶入大沽口，炮击国民革命军，接着爆发了惨绝人寰的"3·18"惨案，段祺瑞政府军警枪杀请愿的工人、学生，死伤者多大数百人。

国恨家仇，在吕碧城的内心冲突激荡。政治生涯上的不如意，壮志难酬的失落，亲人离世、家难纷争的重重打击，再意志坚强的人也难以承受，何况吕碧城这样一个纤纤弱女子呢？

处理完大姐的丧事，吕碧城黯然神伤。既然自己无能为力扭转现实，不如眼不见心不烦，还是去到遥远的大洋彼岸，去资本主义的世界呼吸自由空气吧。在这个令人窒息的氛围中，吕碧城再也呆不下去了。她决心冲破樊笼，去另一个世界去寻找属于自己的光明。

6

去意已决，吕碧城开始有意识地向旧时好友一一作别。

> 一卷琳琅抵百城，深研汉魏见菁英。
> 生花笔艳佉卢字，变夏能存雅正声。
>
> 搴槎遥泛斗牛津，弦诵相闻亿比邻。
> 银海光寒瑶霞急，扣舷同访自由神。
>
> 相逢王粲登楼日，再遇兰成去国时。
> 便欲乘桴成独往，十洲溟洞去何之？

这三首诗，系吕碧城为哥伦毕业大学校友凌楫民所作。赞美凌楫民生花妙笔以西文书写翻译的《云巢诗草》，文风典雅纯正。又忆起当年和凌楫民一样，乘风破浪，不远万里，来到太平洋那头的美国，成为校友兼知己，两人雪中同游纽约港口的自由女神铜像，漫天飞舞的雪花泛着清冷的寒光。如今，自己又要乘舟远行，远离故园，沧海茫茫，到底要往哪里去方才是好呢？

老友费树蔚、李经义得知吕碧城又将去国，各自赋诗赠别。费树蔚"闻君远去几徘徊""剩我虎丘花下立"，透出一股浓浓的不舍之情。而李经义的一首《送吕碧城女士游学欧美》，更是深情厚谊，充满了对远行人儿浪迹天涯独沧桑的哀愁，以及盼望游子回归的殷殷期待。

> 隔岁凉风待子归，送行霁月为君辉。
> 十洲清梦仙山远，一舸新诗雪浪飞。
> 花雨龙天心上悟，楼台蜃气眼中霏。
> 离群不尽沧桑感，秋入银河影淡微。

要说旧时好友，袁克文理当与之见面话别。可是，袁克文从天津回到上海，却是人不人鬼不鬼，吸大烟，喝花酒，日子过得颠三倒四不说，值钱的家产也被他一一变卖，以至于生计窘迫，穷困潦倒，靠卖字卖文为生了。吕碧城上门拜访，袁克文可能是刚吸完大烟正在睡觉，连见都没见，就让门仆谢过，把她打发走了。

呜呼！堂堂袁世凯的二公子，竟沦落到如此境地！想当年，他任天津青帮帮主的时候，与上海大佬杜月笙、黄金荣齐名，"南有杜月笙、黄金荣，北有津北帮主袁寒云"，名头是如何响亮！观袁克文年轻时所拍照片，英俊潇洒，风流倜傥，便是放到今天，也必是众多女孩倾慕的梦中情人吧！三十年河东，三十年河西，昨日的荣华富贵，又怎能预料到今日的饥寒落魄？当繁华落尽，所有的性情归于本真，女人、美酒、昆曲玩票，即便千金散去也不悔，或许，这正是袁克文想要的生活和最后的灵魂归宿呢？后人无从揣测，便只能从那一张张泛黄的相片里，追忆曾经的风流倜傥，追忆青丝飞扬的青春年少。

第十一章
逃离——再游欧美

1

1926 年秋，吕碧城再度出国，游历欧美。

第二次踏上去国的大轮，吕碧城的内心充满了万千感慨。谁不留恋故土？谁愿意当一个游子，像孤魂野鬼似的，独身在异乡的国土上流浪？异乡再好，那也是别人的故土。故乡再差，那也是生我养我的地方。可是，如果不是对故国满怀失望，吕碧城会再次踏上离别的道路么？每一个远行归来的游子，必然是对某个地方有着放不下的牵挂，那个地方必然有他深爱着的亲人，而吕碧城呢？祖宅被占，父母双亡，姐妹早逝，唯一剩下的二姐又与己不合，可叹这故国竟至于无牵无挂。那么就"逃"吧！"逃"得远远的，远离硝烟战火，远离痛恨的官场，远离他人诟病，多么希望能在这趟陌生的旅程中，寻找到这个喧嚣尘世最后的安宁。

站在轮船甲板上，吕碧城抬头望月。巧得很，第二次出行，恰巧也是在轮船上度过中秋之夜。六年之前，皓月当空，海风微拂。六年之后，同样的日子，同样的一轮明月，同样夹着淡淡腥咸味道的海风，吹在身上同样的微凉。"瀚海阑干百丈冰，愁云惨淡万里凝。"月的皎白越发衬出天色的幽暗，旅人的心啊，此时此刻，是要化作一缕轻烟，和玉兔一起飞升到月宫里去，和吴刚共饮一杯呢，还是化作一团泡沫，跳进无边无际的大海，和海底深处的美人鱼们共同游弋亚特兰蒂斯？

倚在六年前倚过的船舷上，沐浴着和六年前一样水银般温润皎洁的月光，吕碧城情不自禁，脱口吟出一首七律《两度太平洋皆逢中秋》：

> 不许微云滓太空，万流澎湃拥蟾宫。
> 人天精契分明證，碧海青天又一逢。

有时候，命运像是一道圆环，走到某一个关口，与过去的脚步重叠，又开始了下一轮重复。这样的巧合，给人带来奇妙的感触，仿佛冥冥中藏着天大的玄机，要一步步往下走，才能洞晓玄机的秘密。

2

又是十几天漫长的海上航行，吕碧城在船上也不闲着，每天换装出席船上的宴会、看电影、作诗，每到一处打顿就下船参观游览，倒也乐得自在。《中秋夜太平洋上观戏为史璜生女士主演之片》《舟中排奇装宴予化妆为中国官吏诸客以彩缕掷予致离席时满身缠绕不良于行众为哄笑》两首七言绝句即在船上即兴所作。

前者是说看美国好莱坞著名女影星史璜生女士主演的电影，后者是说，入夜，横渡太平洋的这艘巨轮上灯火通明，宾客欢腾，因为自己装扮奇特，引来同船的中国官吏向自己投掷五彩丝带，在起身离席时，浑身丝带缠绕，分外狼狈，招致大家一阵哄笑。

由此不难看出，吕碧城走到哪里，她就是哪里的焦点。没有人不会注意到她的存在，她的风采，她的独特。她就像一块磁石，牢牢地吸引着众人的目光；又像一道符咒，神奇地抓住了众人的眼球。有多少出门远行的女子，不是刻意地平民装束，连走路都要谨小慎微地贴着墙根，生怕引起他人注意。而只有吕碧城，敢于奇装异服，敢于在众人面前展露自己独特的美丽，这需要何等坚定的勇气？

她就像一株开在阳光下的鹤望兰（又名天堂鸟），不遮掩，不造作，开得坚定自我，开得高贵典雅，开得自由奔放，开得鲜艳凌厉，开到荼蘼。

女人如花。

是花，就要灿灿烂烂地纵情开放。

3

再度踏上旧金山的土地，吕碧城心中有一种熟悉而亲切的感觉。这一次，她不再是初出茅庐的外来者，而是熟门熟路的半个主人了。加之先前生活在纽约的那段时间，英语已经非常纯熟，法语、德语也还不错，和外国人的语言沟通完全没问题，所以，这一趟行程，吕碧城感觉无比轻松自如。

上一次船到旧金山遭遇大雾天气，旧金山的风貌不但没有看个清楚，也远远没有看够。这一次，吕碧城没有学习任务在身，所以无需吝啬大把的时间和金钱，她要在旧金山多停留一段时间，把这座城市好好地游览一遍。

　　旧金山，又称"圣弗朗西斯科""三藩市"。美国加利福尼亚州太平洋岸海港、工商业大城市。位于太平洋与圣弗朗西斯科湾之间的半岛北端，由西班牙人建于 1776 年，1821 年归墨西哥，1848 年属美国。19 世纪中叶在采金热中迅速发展，华侨称为"金山"，后为区别于澳大利亚的墨尔本，改称"旧金山"。亦有别名"金门城市"、"湾边之城"、"雾城"。金门大桥是其著名的旅游景点。

　　不过，金门大桥是 1933 年才开始动工的，吕碧城去的时候，大桥还没有建呢。她听说加利福尼亚（California）有三千年的古树 Muir Woods，是考古学家都欣赏的绝美一景，便乘车前往。汽车轮渡吕碧城是头一回见识，十分稀奇，以为是多么伟大的一项创举。坐轮渡过金门海峡，进入骚撒立途（Sausalito），再换乘火车，抵达蒙他莫立沛的塔马利派斯山（Mt. Tamalipais），终于见到了著名的红树林。

　　舟车劳顿还是非常值得的，吕碧城和一车游客步行在红树林中，只觉得浓荫蔽天，绵亘数里，树干挺矗，高耸入云。所谓红树，是因为树的外表虽然是绿色，但肉质的颜色鲜红。十余株树根围绕成圆形，直径都有百余尺，可想而知树有多大了。大概是因为原来的主干已经朽化，旁边发出的嫩条逐渐长成参天大树。踏在厚厚的落叶之上，嗅着空气中那种特有的山林气味，如馨如煮，游者像陶冶于一个大药炉，简直有祛除一身疾病的功效，不得不深感自然之神奇，竟有如此造化巨作。

　　吕碧城在旧金山因俗事所扰逗留三月有余，为的是赈款纠葛之诉讼。因在美国请律师费用高昂，而诉讼数额又不大，所以吕碧城就没有花钱请律师。所幸胜诉，不但替她追回了欠款，而且免除了起诉的费用。从这件小事上，吕碧城看出西方国家法律制度的严谨，并不因为诉讼金额小而宽容放纵违法犯罪者，这也是中国应当效仿的。市政厅花岗岩制成的壁柱上刻着这样一行字："如于壁上擦火柴一枝，罚五十金元。"以及至纽约，电车上有告示云："吐痰一口，罚五百金元，或监禁一载，或罚锾（古代货币单位，此处指罚金）与监禁并行。"可见国外特别关注公共场合的卫生，外国国民在社交场合的文明素质普遍较高，大概也是和高昂的罚金有关吧？

在美国，元旦就是新年，也是全美各州一致庆祝的主要节日。吕碧城在这里和友人共同欢度新年。除夕夜 12 点的那一刻，全国教堂钟声齐鸣，乐队奏响《一路平安》，人们聚集在教堂、街头或广场，唱诗、祈祷、祝福、忏悔，一同迎候新的一年到来。

4

在旧金山过完新年，吕碧城沿着西海岸，来到洛杉矶。

洛杉矶，位于美国西岸加州西南部，是美国的第二大城，仅次于纽约，美国最大的海港，是美国石油化工、海洋、航天工业和电子业的最大基地，享有"科技之城"的称号，同时也是世界文化、科学、技术、国际贸易和高等教育中心之一，在电影、电视、音乐方面享有极高的声誉，是美国西海岸边一座风景秀丽、璀璨夺目的海滨城市。

来洛杉矶，不去好莱坞就太遗憾了。就像到了北京不去八达岭一样，等于没来过这座城市。对于爱好电影的吕碧城来说，好莱坞当然是行程中必不可少的一站。她的好友佛革森替她安排好了游程，并购买了一张好莱坞游览券。

提起好莱坞，全世界恐怕无人不知，无人不晓。驻扎在好莱坞影城的，耳熟能详的电影公司就有米高梅、二十世纪福克斯、派拉蒙以及华纳兄弟等。凯瑟琳·赫本、克拉克·盖博、葛丽泰·嘉宝，《乱世佳人》、《007》系列、《泰坦尼克号》、《教父》，这些好莱坞明星演绎的经久不衰的人物形象，感人至深的故事情节，不胜枚举。

吕碧城饶有兴致地参观了当红明星们的住所地，如查理·卓别林、哈罗德·劳埃德、杰基·库根、波拉·尼格丽、鲁道夫·瓦伦蒂诺等，还身临其境地进入电影录制的摄影棚，探索荧幕背后的秘密。同年8月，曾因主演的《启示录四骑士》风靡全美，长相俊俏，潇洒浪漫、充满男性魅力，号称"拉丁情人"的瓦伦蒂诺（R. Valentino）离世，吕碧城也像其他美国女观众一样，在倾倒着迷之余，又为之悲伤洒泪。日有所思，夜有所梦，后来，吕碧城在横渡大西洋去欧洲的途中，居然梦见了瓦伦蒂诺，还专门为他的离世填了一阕《金缕曲》。

《伦敦快报》称银幕明星范伦铁诺（吕碧城音译）R. Valentino之死，世界亿万妇女赠以涕泪及香花，而无黄金之赙。迄今借厝他茔，不克迁葬。其理事人发乞助之函千封于范氏富友，答者仅六函，予为莞尔。曩予舟渡大西洋，曾梦范氏乞诔（事见《鸿雪因缘》），今赋此阕寄慨，兼偿夙诺焉。

孰肯黄金市？叹荒邱、尘封峻骨，一棺犹寄。知否恩如花梢露，花谢露痕晞矣。况幻影、游龙清戏。人海茫茫银波外，问欢场若个矜风义？原惯态，是非异。

征韶曾访鸣珂里。黯余春、小桃零落，绮窗深闭。旧梦凄迷无寻处，消息翠禽重递。算吟债、今番堪抵。记取仙槎西来夜，荐灵风倦枕惊涛里。残酒醒，绛灯炧。

一名异国荧屏美男子，竟惹得女词人芳心大动，亲为其填词吟诵，饮酒买醉，可见，无论是过去还是现在，追星之心，人皆有之啊！

5

泪洒洛杉矶，吕碧城乘火车自西向东，横贯美国中部，经亚利桑那州科罗拉多大峡谷、丹佛、芝加哥，前往纽约。

科罗拉多大峡谷是一处举世闻名的自然奇观，堪称"在太空唯一可用肉眼看到的自然景观"。峡谷全长 446 千米，宽度在 6 千米至 25 千米之间，平均谷深 1600 米，最大深度达 1740 米。峡谷呈东西走向，蜿蜒曲折，像一条桀骜不驯的巨蟒，匍伏在凯巴布高原之上。科罗拉多河在谷底汹涌向前，形成两山壁立，一水中流的壮观景象。峡谷两岸，都是红色的巨岩断层，从谷底到顶部分布着从寒武纪到新生代各个时期的岩层，层次清晰，色调各异，并且含有各个地质年代的代表性生物化石，在太阳光的照射下，岩层呈现出缤纷斑斓的迷幻色彩，宛若置身仙境之中。

时值冬日，大峡谷平坦的谷顶毫无遮掩，寒冷的冬风直吹得游人瑟瑟发抖。吕碧城披着貂氅，冒着寒风，大着胆子向峭壁下的深渊俯视。尽管有护栏围着，但是深不可测的深渊仍然让人心惊胆寒。真不知道几千万年甚至几亿年前，是哪个英雄手执一枚利斧，手起斧落，凿成了现在的科罗拉多大峡谷。

在大自然的鬼斧神工面前，人类显得如此渺小。如果没有同行的旅人，只有你一个人站在这里，你会以为走到了世界的尽头，时间也在此凝滞，你甚至会感觉自己像是个天外来客，脚下踩的不是地球，而是某处只有在世界大战的科幻片里才会出现的异星球场景，内心里充满了对气势磅礴的自然奇迹的震慑和敬畏。

吕碧城所居爱力陶佛尔旅馆高踞山之巅，同宿同行的游客兴奋地租赁骡马，沿石级而下到峡谷底部探险，而吕碧城害怕在这么陡峭的山壁间行进，不得不望洋兴叹。下到谷底，没有十天半月不能将峡谷胜景尽收眼底。而峡谷之上，只消一个小时，就已概览峡谷风貌。

很多美景，或许，你根本无须深入探秘。只匆匆一瞥，那种震撼就足以让你铭记一生。

6

横贯美国的旅程是漫长而新鲜的，只有到了纽约，吕碧城才有一种熟悉而亲切的感觉。高大巍峨的"自由女神"依旧右手高擎火炬，左手捧着《独立宣言》，矗立在哈德逊河口；曾经就读过两年的哥伦比亚大学，校园里的林荫小路还是那样幽静；曾经居住过六个月的 Hotel Pennsy Lvania 旅馆，还和原来一样人来人往，热闹非凡。不变的是景物，变的是旅人的心情。

在美国盘桓了 5 个月，1927 年 2 月 12 日，吕碧城乘坐"奥林匹克号"巨轮，横渡大西洋，开始了下一站——陌生而精彩的欧洲之旅。

"奥林匹克号"是一艘 46000 吨的巨轮，一共有 6 层，光升降梯就有 3 具。整体布置美轮美奂，宏丽不啻皇宫。头等舱有男女五百余人，餐厅也是分等级的。头等舱的乘客都穿着晚装就餐，餐厅的侍者也都身着礼服，宾客放纵豪饮。吕碧城素来不善饮酒，在大家的劝说下，也勉强饮了少许。

开始两日的海上航行，世称风浪最剧烈的大西洋居然风平浪静，一点也没有感觉到大海颠簸的不适，吕碧城和其他旅客饮酒笑闹舞蹈，几乎忘记了自己身处何处。但是到了第三天，天气骤变，"奥林匹克号"在风浪中颠簸摇摆，吕碧城晕船厉害，不得不仰卧舱中。同舱的友人好心送来一篮鲜花，岂料浓郁的花香气加剧了不适，令吕碧城夜不能寐。

在朦眬的一霎，吕碧城仿佛突然看见一个颀秀的身影闪入舱中，仔细一看，原来竟是瓦伦蒂诺！只见他手持浅蓝色名片递给吕碧城，名片上说明他是音乐教师。吕碧城很奇怪，舱门用铁钩钩住通风，只留二三寸的细缝，这一个大活人是怎么挤进来的呢？想到此，不禁毛发悚然。未及通话，遽然醒来，发现自己原来是在做梦。忽然大悟，那日正是 2 月 14 日，西方的情人节（也叫瓦伦丁节），而瓦伦蒂诺与瓦伦丁姓氏相同，尾音相近，或许因此才会梦见他吧？又可能是因为在纽约时，听闻瓦伦蒂诺去世的消息，所以才会有此怪异突兀的梦吧？不管是什么原因，情人节的那天梦见了一位相貌与演技皆佳的当红男影星，也算是旅程中的一件值得记忆的好事了。

7

"奥林匹克号"在英国南安普顿港口靠岸，吕碧城与在船上结识的朋友安尼司依依惜别。安尼司前往英国首都伦敦，而吕碧城则要去被誉为"浪漫之都"和"世界花都"的法国首都巴黎。

临别，热情的安尼司特意嘱托其法国朋友谷赛夫妇指引吕碧城去巴黎。吕碧城乘坐的是第二辆车，谷赛夫妇乘坐的是第五辆车，为了和吕碧城乘坐同一辆车，谷赛夫妇退掉了他们的车券，换乘吕碧城乘坐的第二辆车。登小艇时，旅客的行李堆积如山，吕碧城的行李箱遍寻不着。谷赛先生虽已八十岁高龄，仍不辞劳苦，从小艇的一层到三层，上上下下反复寻找。吕碧城内心十分不安，连连表示行李不值多少钱，不必费心去找了。

登岸以后，吕碧城请谷赛夫妇暂时原地等候，自己前去税关，找到了自己的行李箱。谷赛夫妇的女儿女婿驾车前来迎接，谷赛夫妇嘱咐女儿女婿开车送吕碧城到住的旅馆，自己另外打出租车走。萍水相逢，却将待客之道做到了仁至义尽，这样的深情厚谊，令身在异乡的吕碧城感动不已。

象征着胜利的凯旋门、高耸入云端的埃菲尔铁塔、卢浮宫、爱丽舍宫、凡尔赛宫、香榭丽舍大道、巴黎圣母院，首都巴黎的每一处都散发着浓郁的艺术气息。漫步这座浪漫唯美的现代化大都市，吕碧城的内心会不会在揣测：当我走在大街上，或者在街头的咖啡屋里，会不会有一段难忘的香艳奇遇呢？

这个浪漫唯美的念头，很快被现实的不如意打碎了。随着旅行团参观凡尔赛宫的时候，吕碧城穿着新买的皮鞋，脚趾被坚硬的皮质磨破，鲜血都把丝袜染红了。大概是受心情影响，一路参观下来，似乎只看见几辆旧车而已。也难怪，任何人在那种情形下，心情都会相当糟糕。新买的皮鞋当然磨脚，可是爱美之人非要套在脚上，磨破了脚趾，也怪不得别人，要怪只能怪自己要美丽不要舒服了！

游巴黎铁塔归来，一阕《解连环》，把铁塔高耸入云的雄壮之美描写得淋漓尽致：

万红深坞。怕春魂易散，九洲先铸。铸千寻、铁网凌空，把花气轻兜，珠光团聚。联袂人来，似宛转、蛛丝牵度。认云烟缥缈，远共海风，吹入虚步。

铜标别翻旧谱。借云斤月斧，幻起仙宇。问谁将、绕指柔钢。作一柱擎天，近衔羲驭？绣市低环，瞰如蚁、钿车来去。更凄迷、夕阳写影，半捎茜雾。

8

为了更好地游览欧洲各国美景，吕碧城购买了柯克公司出售的、可以在两个月之内自由使用（国内和国外各一个月期限）的车票，这样就可以随处小住游览。

4月20日，吕碧城在巴黎请了一个懂法语的美国朋友充当翻译，陪自己去车站寄运行李。

美国友人送吕碧城上了车，闲聊几句就走了。同座的几个人都用英语交谈，吕碧城听了窃喜。后来换了一批旅客上来，没有人说英语，吕碧城也不害怕。车上有人查验护照、下车要查验行李，吕碧城都毫不惧怕，一切照办。

傍晚时分，火车抵达瑞士日内瓦湖东岸的小城镇蒙特勒，瑞士最著名的风景名胜之一。吕碧城按照"美国转运公司"服务生的指点，投宿进了车站右侧的一间又干净又气派的大旅馆，房金每日一美金，相当于十瑞士币。

9

清晨的蒙特勒，湖面靓碧，倒映着楼影和簇簇花枝。湖光山色与朝霞积雪的色彩混合在一起，色彩浓郁，仿佛全镇都笼罩在一层光气之下，氤氲漫天匝地，正契合了古人"晓来江气连城白，雨后山光满郭青"的诗句。一会儿，旭日东升，晴晖耀眼，令人忆起唐人诗云："漠漠轻阴向晚开，青天白日映楼台。曲江水暖花千树，为底忙时不肯来。"

蒙特勒前临日内瓦湖，恍如浙江的西湖，只是比西湖更加壮观。这里建了很多大旅馆，旅馆门前都有花圃，种了许多奇花异草，灿烂似锦。许多电车往来于东市、西市之间，两个小时即可通达。小城小而整洁，多色泽碧绿的小溪流，正适宜散步，少了许多纽约、巴黎那种大都市的纷扰。吕碧城所住的旅馆正临湖，即便在会餐之时，人坐在三面都是落地玻璃窗的餐厅，窗外群峰环绕，苍松积雪，历历如绘，无尽风光尽收眼底，简直不像是在人间，而像是在瑶台月下的仙境呢！

由于阿尔卑斯山仅5～10月通火车，吕碧城到蒙特勒时方才4月，故未能登山观日出日落。勾留三日后，吕碧城离开蒙特勒，前往世界时尚与设计之都——意大利米兰。

临行，吕碧城特意赋诗一首，以纪念这座给她留下了美好印象的安逸小城。在这首小诗里，吕碧城把蒙特勒比喻成为浓彩奇香的仙都水云乡，甚至想到余生若是能够隐居至此，该是多么好的归宿啊：

　　　　谁调浓彩与奇香，造就仙都隔下方。

嗨映花城腾艳霭，霞渲雪岭炫瑶光。

鸣禽合奏天然乐，静女同羞时世妆。

安得一廛相假借，余生沦隐水云乡。

10

前往米兰之途，因柯克公司误导，吕碧城中途在小镇斯特雷萨下了火车，顿时有一种上了当的感觉。在车上就听美国人乔治夫人说斯特雷瑟没什么好看的，下车一看，果然如此。

斯特雷萨并非柯克公司之人所言风景壮丽，只是一个很小的小镇而已，山上多松篁和绯红的茶花，掩映于飞瀑间，风景倒也不差。只是小镇太小，一望瞭然，倒没有什么丘丘壑壑。所住的旅馆又没有热水洗澡，甚多不方便。好在只短暂停留一宿，次晨便起身赶往米兰。

米兰是意大利最大的都会，著名的历史文化名城，也是欧洲经济最发达的地区，顶级世界城市。米兰拥有阿玛尼、范思哲、普拉达、华伦天奴等世界半数以上的时装著名品牌，是世界四大时尚之都之首。城市中心著名的用大理石雕刻成的米兰大教堂，是世界上最大的哥特式建筑和世界第二大教堂。

在通往米兰的火车上，吕碧城遇到了一位殷勤的操纯熟英语的法国男子，攀谈之后，向她介绍米兰的一家旅馆，把旅馆设施说得如何如何之好，还热情引导吕碧城取行李，把她送上雇来的一辆通往那所旅馆的马车。哪知道那所旅馆地理位置偏僻，旅馆人员又不通英语，把吕碧城急得团团转，无以为计，生平第一次遭遇如此窘境，真是后悔听信路人妄言，吃了这个哑巴亏。

好在吕碧城在江湖漂荡已久，灵机一动，想起柯克公司的分局遍设各处，众所周知，遂在纸上写下"Thos. Cook"指给旅馆人员，这才解了言语不通的困境，顺利乘车到达柯克公司，想要找一所市区附近的旅馆。

谁知道，问了好几家旅馆，竟都是满员。原来，适逢意大利举办一项大型赛事，意大利的王储驾临米兰，所以游人云集，旅馆几乎全部爆棚。为了保险起见，吕碧城选择了乘火车赶往下一站计划中的旅游城市——佛罗伦萨。

11

佛罗伦萨，旧译翡冷翠，别号"花城"，是极为著名的世界艺术之都，欧洲文化中心，欧洲文艺复兴运动的发祥地，歌剧的诞生地，举世闻名的文化旅游胜地。全市有40多个博物馆和美术馆，乌菲齐和皮提美术馆举世闻名，世界第一所美术学院，世界美术最高学府佛罗伦萨美术学院蜚声世界。

提到翡冷翠，我不得不提徐志摩的那首著名的《翡冷翠的一夜》：

> 你真的走了，明天？那我，那我，……
> 你也不用管，迟早有那一天；
> 你愿意记着我，就记着我，
> 要不然趁早忘了这世界上
> 有我，省得想起时空着恼，
> 只当是一个梦，一个幻想；
> 只当是前天我们见的残红，

怯怜怜的在风前抖擞，一瓣，
两瓣，落地，叫人踩，变泥……
唉，叫人踩，变泥——变了泥倒干净，
这半死不活的才叫是受罪，
看着寒伧，累赘，叫人白眼——
天呀！你何苦来，你何苦来……
我可忘不了你，那一天你来，
就比如黑暗的前途见了光彩，
你是我的先生，我爱，我的恩人，
你教给我什么是生命，什么是爱，
你惊醒我的昏迷，偿还我的天真。
没有你我哪知道天是高，草是青？
你摸摸我的心，它这下跳得多快；
再摸我的脸，烧得多焦，亏这夜黑
看不见；爱，我气都喘不过来了，
别亲我了；我受不住这烈火似的活，
这阵子我的灵魂就像是火砖上的
熟铁，在爱的槌子下，砸，砸，火花
四散的飞洒……我晕了，抱着我，
爱，就让我在这儿清静的园内，
闭着眼，死在你的胸前，多美！
头顶白杨树上的风声，沙沙的，
算是我的丧歌，这一阵清风，
橄榄林里吹来的，带着石榴花香，
就带了我的灵魂走，还有那萤火，
多情的殷勤的萤火，有他们照路，
我到了那三环洞的桥上再停步，
听你在这儿抱着我半暖的身体，

悲声的叫我，亲我，摇我，咂我，……
我就微笑的再跟着清风走，
随他领着我，天堂，地狱，哪儿都成，
反正丢了这可厌的人生，实现这死
在爱里，这爱中心的死，不强如
五百次的投生？……自私，我知道，
可我也管不着……你伴着我死？
什么，不成双就不是完全的"爱死"，
要飞升也得两对翅膀儿打伙，
进了天堂还不一样的要照顾，
我少不了你，你也不能没有我；
要是地狱，我单身去你更不放心，
你说地狱不定比这世界文明
（虽则我不信，）像我这娇嫩的花朵，
难保不再遭风暴，不叫雨打，
那时候我喊你，你也听不分明，——
那不是求解脱反投进了泥坑，
倒叫冷眼的鬼串通了冷心的人，
笑我的命运，笑你怯懦的粗心？
这话也有理，那叫我怎么办呢？
活着难，太难就死也不得自由，
我又不愿你为我牺牲你的前程……
唉！你说还是活着等，等那一天！
有那一天吗？——你在，就是我的信心；
可是天亮你就得走，你真的忍心
丢了我走？我又不能留你，这是命；
但这花，没阳光晒，没甘露浸，
不死也不免瓣尖儿焦萎，多可怜！

你不能忘我，爱，除了在你的心里，
我再没有命；是，我听你的话，我等，
等铁树儿开花我也得耐心等；
爱，你永远是我头顶的一颗明星：
要是不幸死了，我就变一个萤火，
在这园里，挨着草根，暗沉沉的飞，
黄昏飞到半夜，半夜飞到天明，
只愿天空不生云，我望得见天
天上那颗不变的大星，那是你，
但愿你为我多放光明，隔着夜，
隔着天，通着恋爱的灵犀一点……

这首近似白话文的诗歌，是 1925 年 6 月 11 日，诗人在翡冷翠山中所写。客居异地的孤寂、对远方恋人的思念、爱情不为社会所容的痛苦等等，都淋漓尽致地体现在错杂凌乱的诗行中，虽然诗篇是以模拟一个弱女子的口吻来写的，但是还是可以看出主人公矛盾复杂的情绪。

吕碧城游佛罗伦萨，却半点也没有徐志摩先前的那种落魄情绪。她一路上观山游水，写文赋诗，心情好着呢。那些耳熟能详的作家、诗人、画家、物理学家，如但丁、薄伽丘、伽利略、米开朗基罗、达·芬奇，都在这里交会碰撞，吸引了全世界的目光。徜徉在这座充满艺术珍宝的城市，在一件件伟大的艺术雕刻、巨幅画像前驻足流连，吕碧城脚不停步，目不暇接。她还兴致勃勃地参观了号称建资达100 万镑之巨的美第奇大公的私人教堂，被其瑰丽光彩深深折服，深觉北京的宫陵也比不上这里的金碧辉煌，鬼斧神工。

意大利著名的比萨斜塔，位于意大利托斯卡纳省比萨城北面的奇迹广场上，高约九层，呈倾斜欲倒之势。游人纷纷前往，争睹其奇观，都以为斜塔像是快要倒的样子。可是历经 750 多年，斜塔始终矗立在原地，巍然不倒。只因路远，吕碧城未曾前往参观。好在都在图画上见过，也就罢了。

12

值得一提的是法国人的亲善有礼。

因为旅馆无着之故，吕碧城从米兰乘火车前往佛罗伦萨。担心乘错车辆，吕碧城举着车票问其他旅客是否乘坐正确，皆回答"SiSi"，和英语的"Yes"差不多。车上乘客众多，却秩序井然。吕碧城放了一把雨伞和一顶帽子在座位上，起身到厢门外看风景，也没有人占她的位置。旁边的旅人时而打开罐头食品，邀请吕碧城同食，吕碧城担心拂了别人的好意，勉强吃了一些。

晚上七点，车行至博洛尼亚，考虑到行程方便，吕碧城想要下车住宿，因为这趟车抵达佛罗伦萨大概要到夜里十一点三刻。她向各位旅客告辞，同行的意大利人看她要下车，以为她错把博洛尼亚当成了佛罗伦萨，纷纷焦急阻止。由于语言不通，他们还喊来了铁路翻译。铁路翻译一问，知道了吕碧城的意图，很赞成她的决定，亲自引导她到车站附近的旅馆住宿。

年轻活泼的铁路翻译问吕碧城国籍，吕碧城回答是"中华"。那个小青年张着一双大眼睛望向吕碧城，好像很不相信似的说："你长得这么好看，像是欧洲人，根本不像是华人。"吕碧城心下奇怪，这个少年未必曾去过远东，何以判断我不像华人呢？难道华人长相皆恶吗？到底是从哪里来的谣传呢？带着这个疑问，吕碧城在博洛尼亚住了下来。

　　吕碧城住宿的旅馆，比那些国际大都市旅馆的面积要大一倍，费用却只有那里的一半左右，不得不佩服自己的明智选择。她来到毗邻旅馆的餐馆，要了一杯热牛奶。可是，无论是用英语，还是用蹩脚的法语，服务生就是听不明白。无奈，吕碧城只好取来纸笔，画了一头牛，又拿起杯子作饮水状，服务生方才领悟。这样以手势代替语言沟通的小插曲，在吕碧城游历欧洲的过程中应用十分广泛。她风趣地把趟欧洲之旅叫做"哑旅行"。

　　关于"华人"相貌是美是丑，令吕碧城百思不得其解的问题，在晨起车站候车时解开了谜题。

　　车站的告示牌上有一幅图画，像是从相片印刷而来。图画中，西方人和东方人交错列位，聚集在一起，正靠着木栅栏观看什么东西。画中的华人男子头戴瓜皮帽，妇女则梳着上海髻，画面上还注有意大利文字。这幅画为什么展示于此，画的是什么事情，还是想不明白。忽然看见昨天的译员，前来引导她登车并购买餐券，匆忙间又忘记问他此画何意，这个谜题便一直留在脑海中不得其解了。

13

　　意大利首都罗马是吕碧城一直都很向往的地方，大概是因为法典美术的渊源，而政体嬗演，专制、共和、封建等制度的变革更替，罗马都走在前面。

　　罗马是意大利的首都，也是全国最大的城市，世界著名的历史文化名城，古罗马帝国的发祥地，因建城历史悠久而被称为"永恒之城""万城之城"。罗马又是全世界天主教会的中心,有 700 多座教堂与修道院,7 所天主教大学,市内的梵蒂冈是天主教教皇和教廷的驻地。

走进罗马,第一眼映入吕碧城眼帘的,是制服美观,威严林立的军警。军警的制服各不相同,大抵是类似于国内警察、御林军那样分不同军种。他们分散在各处,皮靴踏得地面橐橐作响,腰间的佩剑锵然,与美国、法国等共和国的气象大不相同。

吕碧城每至一处,都遵循计划行事:第一日稍作休息,第二日在街市散步,概观城市全貌,第三日开始凭着地图和说明书,自行前往游览。此间,吕碧城赋得七律一首:

> 夕照熔金灿古垣,罗京写影入黄昏。
> 海波净似胡儿眼,石像靓传城女魂。
> 万国珠粲存息壤,千秋文献尚同源。
> 无端小住成惆怅,多事回车市酒门。

第五日,吕碧城前往拜谒驻意大利公使朱兆莘,这也是她欧洲行以来,第一次与国人相见。次日晚,朱兆莘公使在使馆宴请吕碧城,使馆秘书长朱英及夫人汪道蕴过访。由于吕碧城计划在罗马多逗留些时日,故朱英秘书长于第二日替吕碧城向意国警署注册了居留证。

四月的罗马,姹紫嫣红。那些庄严肃穆的古迹,掩映在碧树丛花之中,愈发显得厚实凝重。吕碧城慢慢行走在这些古迹和现代画廊中,用心体会这种历史和现实更替的不同美感。古罗马城市广场及议院法庭、古罗马角斗场、圣彼得大教堂、加波昔尼教堂、波格斯美术馆、卡皮托里尼美术馆,都留下了她探索的足迹。

吕碧城罗马之行，印象最深的，当属加波昔尼教堂。它的特别之处，在于教堂内满布骷髅，不下千万。教堂顶部和四壁以人骨编缀，作为装饰，真可谓是一座"人骨寺"。走进这样一座建筑，顿感阴森恐怖，心惊胆寒。但见多识广的吕碧城却丝毫不畏惧，甚至还抚摸、轻叩头骨，真可谓是女中豪杰。她这样记录道：

> 予独立其中，见头颅累累如贯珠，及掌趾森森如编贝。左右两土坑，左置全骸多具，皆枯白之骨；右坑置腐腊僵尸，仰卧侧倚，状态如生，但皆皮缩肉黯，毛发齿甲犹宛然可辨，即埃及药殓之"莫木米"也。墓室阴暗，予无悚怖，且手抚骷髅，试叩其声，盖年来浪游，骇目惊心之事，见之广矣。予出室后，见老僧方伫立门外，俟予出而阖其扉，给以小银币数枚，彼亦受之。身居是间，人生观当大彻大悟，阿堵物应淡忘也。

是哦，生与死，也不过是血肉之躯与枯白之骨的区别而已。正如蚕蛾与蝼蚁，人生来便奔着死亡而去，有的人早，有的人晚，但殊途同归，肉体消亡了，灵魂不是上了天堂，便是入了地狱，谁也逃不过这条规律。既然大家最后都会走上同样的道路，何不在生的时候以礼相待，积善行德呢？置身于人骨教堂，看透了生与死，那些人世间的纠缠纷争，自然淡了许多。

14

这边游兴正浓，却接到巴黎友人让她回去理事的消息，不得不中断行程，怅然离去，踏上了北上的旅程。

回巴黎的火车上，和吕碧城同车厢的两位老人抽烟，递给吕碧城一支，吕碧城谢过，没有接受。一会儿，车厢内又进来两位法国女子，等吕碧城去餐车用餐回来，发现这两个法国女子正捧着个食品袋，用手从袋子里掏出食物来啃，弄得一片油污狼藉。

一位老者再次给吕碧城递烟，这一次，吕碧城欣然接纳，抽将起来。这时，两位法国女子恼羞成怒，指责吕碧城不该在车厢内抽烟，吕碧城便灭了烟。

没一会儿，一位老者从衣袋中掏出雪茄叼在嘴里，吕碧城赶紧取出火柴递过去，老者开始喷云吐雾起来。吕碧城向两个法国女子抗议："他也抽烟，你们怎么不阻止呢？"

法国女子狡辩说："你抽烟的时候，我们在用餐，有烟味很讨厌。现在我们吃完了，所以就无所谓了。"

吕碧城回道："车厢本来就不是吃饭的场所，肉类油污让别人也很憎恶。火车上也有用餐的地方，你们怎么不去那里吃呢？"可惜她不精通法语，讲的是英语，所以，恐怕那两个法国女子也只能听懂一个大概而已。

其中一位老者听了吕碧城的话，笑了起来，说："只许吸大支雪茄，不许吸小支纸烟。"吕碧城反问道："谁说不许？"就手拿了一支烟抽起来，还故意大口喷吐烟气，两个法国女子看了，也无可奈何。

这就是吕碧城，有礼有节，不卑不亢。当别人指出车厢内不要吸烟时，她主动掐灭了烟头，显示出她高贵的涵养。但是，当她明显被区别对待时，又聪明地"明知故犯"，故意做给对方看。她用行动向那些趾高气扬的外国人证明：中国人不是好欺负的。

15

　　由罗马返回巴黎的途中，除了与两个法国女子斗智斗勇之外，吕碧城还遭遇了一件窝心事。她把这件小事记录了下来，告诫来欧洲旅游的国内游客，一定要接受她的教训，遵守当地规定，否则真会误事。

　　那是她交铁路转运行李时，被收费一百多里拉（意大利货币单位），后来才知道是含了高昂的保险费用。对富有的吕碧城来说，这倒也没什么。火车开到边界多莫多索拉，吕碧城听说行李须在此处启验，方才允许出境。问列车员，回答"不用"。一位旅客也说不用，还说他的行李也是注明运到巴黎的，应该到巴黎领取，一路都不过问。一位美国女子自称会法语，带着吕碧城下车问穿着制服的车站人员，车站的人欣然回答不用启验。吕碧城无奈，只得作罢，回到车厢。

　　然而，时候才知道，这些问询，实际上全都白费口舌。应该径直到行李房，找到自己的行李开锁请验。等吕碧城到了巴黎，她的行李却滞留在边境小城多莫多索拉。

　　巴黎地处欧洲以北，这里的天气远比地中海之滨的罗马寒冷得多。吕碧城只穿着一件单衣，厚衣服和洗漱用具全都在行李箱里面。她不得不忍受寒冷，花费一百五十法郎，请柯克公司交涉，取回了行李箱。而等到行李箱寄到，已经是五天以后。很难想象，这五天里，身着单衣的吕碧城是怎样克服寒冷和其他种种不便的。

　　吕碧城以自己的实际经历告诫后来者，一定要规章办事，不能胡乱听信路人指引。不但白白花了许多冤枉钱，还颇费周折，让自己陷进重重困境。

其实，也不能全怪吕碧城听信路人指引，火车站和列车上的工作人员不都回答说"不用"吗？相信法语的"不"字，吕碧城还是听得懂的。看来，信口雌黄、不负责任的人，在哪里都有啊！火车上的座位上，都有英、法文字的餐饮说明单，到就餐时间，还派人两次车厢内招呼，但在行李启验告知这件事情上，却做得不够人性化，让许多外国游客平白受累。

这件窝心事后，吕碧城便处处留了个心眼。从法国往瑞士，购买车票时，便郑重询问在哪里启验行李。车行至法国、瑞士交界处的伯利加，吕碧城不顾众人"不应下车，会有人上车签验护照"的劝阻，毅然下车启验行李。这一次，她果然做得明智，行李同时到达日内瓦车站。次日，吕碧城遇到同车劝她不要下车的一个英国人，他的行李就因为没有启验，被滞留在了伯利加。

16

花费了半个月左右时间，处理好了巴黎的一切事务，吕碧城仍沿着原路，由法国前往瑞士、意大利等国。沿途中，先前疏略未能畅游的风景名胜，这次一一驻足逗留，第一站，便是世界闻名的国际化都市，世界钟表之都，联合国原总部"万国宫"所在地——日内瓦。

日内瓦山水驰誉寰球，尤以日内瓦湖著名，世界各地游客竞相慕名而来，荟萃于此。湖水碧波荡漾，清澈如镜，倒映着瑰丽的建筑，就像一个严妆打扮的贵妇人，光彩四溢。湖中，号称世界第一的 Jet D'eau 喷泉像一把利剑直冲云天，喷出 145 米高的银色水柱，再从高空倾泻而下，拍在湖面上，激起层层浪花。远处，阿尔卑斯的雪山静静地矗立，放射出淡白的光芒，调和这过于浓艳的城市景色。

闲来无聊，吕碧城喜欢去旅馆隔壁的剧场听歌，还常去湖畔矶头看人垂钓，乘坐游艇渡湖，但不登岸，乘坐到对岸，又原艇返回，借以消遣。她最喜欢的是那种瓜皮小艇，仅能乘坐二三人，游客租用小艇后，自己划桨，享受荡舟湖上的乐趣。可是，吕碧城孤身一人出游，身边没有伴侣，又不善于划桨，所以，每次看到别人双双登艇，把小艇摇进远烟夕照，总是十分神往。

一日午后，吕碧城沿着湖岸散步，一位本土少年舣舟靠岸，隔着堤岸栏杆问她是否愿意和他一起泛舟湖上。吕碧城略一思忖，觉得放过这次机会，以后机会更加渺茫，便笑着向少年摇摇手中的钱袋，说："我就剩这三个小银角啦，可以全都给你，但恐怕不够支付船资吧。"少年笑着说，我不需要你付钱。便上前扶着她登上小艇，向着湖心慢慢划桨而去。

在小舟中看湖景，倒不如远观所见波光帆影可爱。身历其境，兴趣即减，世间万事，也大抵如此吧。过了一会儿，吕碧城觉得疲倦，想要回去。少年让她躺在船面休息，脱下自己的大衣帮她盖上，自己躺在她对面。吕碧城担心小艇被来来往往的船只冲激，少年却笑道："你怎么这么看重生命呢？以这么美丽的湖泊为生命的归宿，不是很好么？"气得吕碧城起身，自己操起桨来。由于不谙此道，等她费尽力气将小艇划靠岸边，夕阳已经斜挂在天边，湖面泛起了一层金辉。

事后回想起来，吕碧城还是有些后怕的。自己一个单身女子，人生地不熟，不懂方言，不会划桨，就这样跟着陌生人上了船，等于把自己的生命拱手交了出去，任由他人掌握，不遇到危险就算万幸了。

倘若遇到心怀鬼胎的人图谋不轨，那只能怪自己过于轻率，轻信了别人。

日内瓦逗留七日，吕碧城赴过朱兆莘公使的晚宴，乘坐次日早晨八点的火车，去往下一站蒙特勒。抵达蒙特勒的时候，天色忽然阴下来，空中满布黑云。风雨凄凄，与日内瓦的风和日丽形成了强烈对比。惓念先前的美好，惘然如一梦，遂得日内瓦湖短歌四截句：

歌舞沸湖滨，约盟联国际。文轨万方歧，朱履三千会。

循环数七桥，七桥有长短。桥短系情长，桥长乡履远。

盖世此喷泉，泉头天畔起。溅玉复飞珠，莲花和泪洗。

今日到湖头，昨宵宿湖尾。头尾尚相连，坠欢如逝水。

17

两个月前游蒙特勒的时候，吕碧城就深深地爱上了这座被氤氲气雾笼罩的小城。当她离开的时候，以为此生再不会踏上蒙特勒的土地。谁想到，两个月后，她再次回到这个令她魂牵梦萦的地方。故地重游，真是悲喜交集。曾经的风景，也因为不同的心情而显出不同的味道。上一次，因火车未开而错过攀登雪山，这一次终于如愿以偿。

山分成三级，第一级为葛力昂、中层为寇、山巅为饶席德内。晨起，吕碧城带上干粮，乘坐小火车上山。一路上，闻着松树和檜树散发出的馨香，迎着扑面而来的疾风，顿时感到神清气爽。车行两小时抵达，却不觉得时间有多长。一位德国人很友爱地扶着吕碧城下了车，两人相伴登山。

虽然已是六月天，可是，山上仍堆积着厚厚的积雪，闪耀着刺目的白光。吕碧城上身穿着大衣，腿上只穿着薄薄的丝袜，所以立刻感到了刺骨的寒冷，赶紧进到一间茶室喝杯热咖啡御寒。小憩片刻，吕碧城开始努力攀登。

雪滑山峭，步履维艰，但终于一步步登上山顶。眺望远峰环绕，俯瞰山脚幽蓝的湖水，体味着雪山特有的寒凉气息，吕碧城感到胸臆舒畅，心旷神怡。同行的德国人冒险攀援，从岩壁上采回一小束蓝色的"长相思"花朵献给她，请求分别后多通信。吕碧城不愿意和陌生人有什么联络，所以故意假装听不懂他的语言，也就糊弄过去了。

游雪山之后，吕碧城在山脚赏玩湖景，坐在柳荫下看人钓鱼。钓鱼的人把一个玻璃缸放进湖水里，等举上来的时候，玻璃缸里就装满了细密如针的小鱼。吕碧城从钓鱼者讨要一尾，那个看起来十分贫穷的钓鱼者捡了一条大的给了她。吕碧城递给他五分小银币，钓鱼者坚决不要。于是拿了一个厚纸信封把小鱼装着，不停地往里面掬水，指望玩一阵子就放它回湖里，以保全它的性命。谁知道，等她返回寓所的时候，原先还在信封里蹦跳的小鱼却死了。

对于一个贫穷的人来说，五分小银币虽然不多，但可以买面包，够一顿饭钱了，但钓鱼者却拒绝接受。如今，世风都日渐薄情、贪婪、卑鄙，上流士绅每每锱铢必较，远不如乡间民风淳朴。吕碧城曾在上海龙华观赏桃花，付给园丁老人二角小银，

老人也婉拒不收。吕碧城一定要给，老人便剪下一枝桃相赠，否则坚决不要报酬。

吕碧城想起春天旅居巴黎的时候，同住一家旅馆的美国男子邀请她一起去餐馆吃饭。付账的时候，男子请她支付一半的账单费用，吕碧城虽感到奇怪，却没有说什么。吕碧城如数支付了一半的账单费

用，男子推说要先告辞，尚有五分小费没有付，吕碧城含笑不语付了小费，内心虽鄙夷却不表露出来，这人在欧美也算是鲜见的奇葩了。

18

前次去米兰，因为意大利的王储驾临导致游客爆棚，吕碧城跳过米兰，直接去了佛罗伦萨，和这座意大利最大的都会擦肩而过。既没有时间逛街去采购那些设计大师设计的时髦时装，也没有时间去参观著名的米兰大教堂。

第二次来到米兰，已是酷暑时节。吕碧城未及细游那些博物院、美术馆，仅参观了世界四大教堂之一的，著名的哥特式建筑——米兰大教堂（其余三座分别在伦敦、纽约、罗马）。米兰大教堂与吕碧城曾经游历参观过的其他教堂有所不同，全长 157 米，宽 67 米，总面积 7392 平方米，仅次于意大利圣彼得大教堂。教堂外部呈现白垩色，系用白色大理石建成，数以百计的塔尖又尖又细，像玉石做的筷子，又像银白色的矛，森森密耸，直插云霄，极尽华美。墙壁是镂空的，上面精密地雕刻着形形色色的人物形象。整座教堂密布 6000 多座大理石雕像，千姿百态，极其玲珑有致。

站在可以容纳 35000 人的宽敞的教堂大厅里，阳光透过窗上美丽的彩色玻璃镶嵌画，把朦胧的光影投射在每一个角落，到处都充满着一种神秘而庄严的宗教气氛。中央塔顶高达 4.2 米的圣母玛丽亚镀金雕像，由 3900 多片黄金包成，她悲悯的眼神就像一泓温煦的春水，涤尽你身上的疲惫，洗尽你曾经犯下的罪愆。参观完这座宏伟的建筑，每一位观者身体和心灵都会得到一次震撼的洗礼。

米兰给吕碧城的印象，不仅仅是大教堂的华美壮丽，还有米兰人

的热情好客。闲来无事，在剧场听歌的时候，邻座的米兰市民热情地
递糖果给她吃。这样的事情，在游历意大利的时候不止一次发生，在
其他国家却十分稀罕碰见。

米兰的民间工艺也是十分有名的。吕碧城在集市上买到一把雨
伞，用染了颜色的草在上面绣花，又新颖又雅致。吕碧城打着这把伞
在欧洲各国游览的时候，所有人都好奇地侧目，甚至还有人要过去与
朋友们传看，都以为如此奇巧的手工艺品是东洋人设计的。吕碧城如
实相告，这把奇巧雅致的雨伞，实际上出自意大利米兰。

19

告别热情好客的米兰，吕碧城乘车经波罗纳重返罗马，再由罗马
换车前往那不勒斯。

意大利人曾说："朝至那不勒斯，夕死可矣。"可见那不勒斯景
色之美，可谓美到极致，只要看一眼那不勒斯的美景，就是死也是值
得的。

那不勒斯最著名的风景名胜有两处，一处是维苏威火山，一处是
庞贝古城。吕碧城在这座于公元 79 年被火山吞噬的庞贝古城废墟中
缓缓行走，看一地断壁残垣，茶酒器皿，玻璃罩下辗转伸屈的人犬化
石，想到当日这里也曾人声鼎沸，花天酒地，感叹这陵谷变迁，人事
代谢，庞贝古城可谓是明证。游人散尽，庞贝古城一片死样的静寂。
唯有小虫小蝶飞鸣其中，夹杂以野花萝蔓的缠绕疯长，这死掉的古城
才焕发出一点点可怜的生机。

从庞贝古城乘坐两小时火车上到维苏威火山，尚未抵达目的地，

就看见地震区堆积着成片的深黑色土石，山麓上积满当年喷泻的岩浆流泥，虽然已经干燥，仍能看出流质融化的样子，表面呈现出一层层细浪波纹。一眼望去，一派荒凉凄惨，足可想见 1906 年 4 月火山爆发时令人惊骇的一幕。岩浆流泥中，如今顽强地生长出许许多多黄色的小花，远远望去，金色灿然；驶近了，满鼻馨香。它们是四季的使者，给荒凉的震区带来了生命，也绘上了生命应有的蓬勃色彩。

山顶呈现莲花形，火山口恰如莲心居中，不停地往外喷吐滚滚白烟，隐现赤红色，若是在夜间看，则是透明赤红色的火焰，直冲天际，几十里外都可以看得清清楚楚。山头除了熊熊烈焰和层叠焦石，再也看不到任何植物的踪迹。同伴和导游一左一右搀扶着吕碧城的胳膊，一起登上了莲花瓣的尖顶，从上至下俯瞰火山口。

壮哉！如斯巨焰，日复一日，年复一年燃烧不绝，可谓奇观。吕碧城想起前几日在蒙特勒攀登雪山，如今又登上火山口，一雪一火，一冷一热，寒热悬殊，黑白迥异，却都是伟大的世界奇观啊！感慨万千的吕碧城，站在火山口上，当即吟诗一首：

> 玉井开莲别有山，无穷劫火照尘寰。
> 年来万念都灰烬，待与乾坤大涅槃。

20

吕碧城第三次到罗马，住在繁华的爱西达广场旁。广场上有喷泉和铜像，周围满布餐馆、剧场、茶座。到了晚上，霓虹灯光闪烁，音乐四起，好不热闹。

在寓所左边的书店里，吕碧城遇到了一位会说英语的日本人，询问后得知居住在罗马的有四位专习神学的中国人，另有三十个日本人。这一路上，吕碧城遇到不少日本人，都能以礼相待，不存芥蒂。过去她曾因国仇之故仇视日本人，现在领悟到，过去的看法和做法，那都是错误的。她说：

> 以吾国土地人众论，在在有自强之本能，苟非自弃，他人何能辱我？且怨天者不祥，尤人者无志，认为命运或归咎他人，皆自窒其进展之机耳，愿国人共勉之。

意思是说，凭中国的广袤国土和众多人口，完全可以做到民富国强。假使不是自暴自弃，后退忍让，又怎会让别国压迫欺凌？那些怨天尤人的，把时运不济都归咎于他人的，都是因为自己遏制了自己发展壮大的机会啊！一定要把眼光放远一点，看到外面世界的进展，墨守成规、固步自封，永远也逃脱不了落后挨打的命运。

这趟行程，对于如何看待中日两国关系，吕碧城的思想上升到了一个很高的境界。她的这番领悟，已经跳出了两国交恶的束缚，一改过去强烈排外的思想和做法。她已经深刻意识到开放、交流、交融、学习、借鉴的重要性，只有开放、革新，才能国运强大，立于世界民族之林。

21

吕碧城在罗马小住两日，接着去了世界著名的"水上都市"——威尼斯。

威尼斯是意大利东北部城市，亚得里亚海威尼斯湾西北岸的重要港口。主建于离岸 4 公里的海边浅水滩上，平均水深 1.5 米。威尼斯

由 118 个小岛组成，并以 177 条水道、401 座桥梁连成一体，素有
"水上都市""百岛城""桥城"之称。

　　威尼斯最大的特点是，往来街衢不用车马，只以小艇相通，是世
界上唯一没有汽车的城市。那些小艇被当地人叫做"刚朵拉"，全都
头尾翘起，有点像中国的龙舟。而陆地全都用石板铺成，曲巷狭径，
很像苏州杭州的街市风情。街道两侧店铺商品林立，近在咫尺，游人
行走在其中，宛若走在自家的回廊，完全忘记了这是在街市上。

　　圣马可广场是威尼斯最繁盛的区域，也是圣马可大教堂的所在
地。圣马可大教堂又称"金色大教堂"，因埋葬耶稣门徒圣马可而得
名。圣马可是圣经《马可福音》的作者，被威尼斯人奉为护城神。
它是中世纪欧洲最大的教堂，是东方拜占庭艺术、古罗马艺术、中世
纪哥德式艺术和文艺复兴艺术多种艺术式样的结合体，美不胜收，无
与伦比。大教堂有 5 个圆圆的大屋顶，400 根大理石柱子，5 座棱拱
形罗马式大门，正面大门上方 4000 平方米的巨幅马赛克镶嵌画，分
别画有"从君士坦丁堡运回圣马可遗体""遗体到达威尼斯""最后
的审判""圣马可神话礼赞""圣马可进入圣马可教堂"5 个主题，
金碧辉煌，异常耀眼。

　　圣马可大教堂后面是德加皇宫，原先是威尼斯总督的私人官邸，
里面储藏有众多古代兵器，壁画尤其多，全部都是无价之宝，极尽奢
华。皇宫里面设有监狱，牢房狭隘黑暗，像笼子一样。吕碧城和其他
游客以无罪之身，从低矮的门洞下钻进牢房，自己也觉得可笑，心里
不由得为先前犯人们被关押在这里失去人身自由感到悲哀。德加皇宫
后面有一座"叹桥"，所有被判决的犯人都要经过这座桥进到监狱里
去。犯人们到了这座桥上，往往忏悔叹息，"叹桥"因此得名。

入夜，吕碧城信步圣马可广场。广场上灯火像夜空的星星一样密集，游人如织。几千只鸽子在广场上和游人亲近，一点也不怯生。它们有的飞到游人手掌上啄食，有的停立在游人的手腕和胳膊上，还有的竟大胆地站在游人的头顶上，好一幅自然和谐的画面。有时候，成群的鸽子腾空而起，在广场上空盘旋，遮天蔽日，十分壮观。广场上还有很多胸前挂着照相机的人，四处寻找游客拍照留念，这也算是威尼斯特有的景象了。

虽然吕碧城在威尼斯也只待了短短两日，但"水上都市"却给她留下了深刻的印象。它像是上帝滴下的一颗眼泪，晶莹剔透，婉转波柔。而圣马可广场就是这滴眼泪镶上的金边，装点水城旖旎浪漫的梦。

22

离开水城威尼斯，吕碧城生平第一次乘坐小飞机，前往世界著名的"音乐之都"——奥地利首都维也纳。

第一次乘坐飞机的感觉很奇妙，吕碧城记录下了飞机在云间穿行的奇特感受，记下了地面树木、田野、河道由大到小的变化，也记下了飞机腾空和降落时身体的不适，包括头晕、耳鸣等。

飞机抵达维也纳，还没来得及体会"音乐之都"的神奇乐符，吕碧城就陷入了困境。前一日晚飞机降落，第二日维也纳就爆发了大游行。大街上，大队工人游行呐喊，声势浩大。吕碧城下榻的格兰德旅馆数百名游客聚在大厅里，神色仓皇，只把大门开了一条缝，多人看守在门缝口。吕碧城想要出门去寄信，被人们拦下了。她站在旅馆门口，眼见街上人群拥挤，大理院被烧，浓烟密布，火光熊熊，有人满头鲜血从她身边奔过，红十字的救护车呜呜呜叫着奔向街口。

夜间，枪声四起，吕碧城打开窗户朝下张望，却什么也看不清。早晨起来，唯有社会党的机关报可以见到，其余报纸全部停刊。听说昨天的暴乱，死伤者数百人，皆因社会党和保守党冲突引起。

在火车、飞机、电报、电话、邮政中断，交通和通讯完全闭塞的情形下，吕碧城的全部行李都阻滞未运到城内，身上携带的现金也即将用尽，身上的衣服也已穿了数日无可更换，商店关闭，买也买不到，十分难堪。她不得不外出到柯克公司取钱，没想到在回程途中遭遇党派围攻警署的枪战，旋即随人潮涌入与格兰德旅馆相邻的伯里斯特旅馆避难。

惊魂未定的吕碧城坐在大厅的椅子上喘息，这时，一位长相如太阳神阿波罗的美男子上前用英语加以抚慰，握住吕碧城的手腕为她诊脉，并朝侍者要来冰水给她喝。其余宾客都以为他们俩互相认识，但吕碧城却感到十分惊异，因为她和这个美男子之前从未谋面，却不知为何待她如此和善友爱。稍坐片刻，旅馆外渐渐安静下来，吕碧城遂谢过美男子，步行回了格兰德旅馆。

是夜，有人吹起觱篥，声音在寂静的夜里尤显哀怨凄厉，听者惊魂易断。所幸三天后电车恢复，五天后交通恢复，行李也运来了，解了燃眉之急。

即便在这样危急的情势下，吕碧城还是不忘抽出半日时间，参观了奥地利前皇弗朗茨·约瑟夫一世的故居"雄本皇宫"。皇帝尤其喜爱东方物品，如中国的古瓷、图画、漆器等，全都分室陈列。其中一间的壁顶和椅榻等，全都装饰以中国的蓝锦，浓彩夺目。还有一间四壁都是楠香纹木，用黄金镶嵌其中。吕碧城用了两个多小时，将四十多个厅室全都游览了一遍，仍未来得及细细欣赏。

归途中，吕碧城眼见菜场陈列着新宰杀的动物的皮革，血痕犹在。而驾车的牛马刚刚经过此处，那些牲畜是否有感觉呢？这些牲畜为人类所奴役，永远不曾有罢工之举，却反遭屠杀，这世界上还有仁义之人为它们呼吁吗？还有那些曾经生气虎虎，在大街上振臂高呼的人，几天后竟同埋于黄土之下，当时他们曾料到会有此下场吗？

亲眼目睹了这样一场血腥屠杀，吕碧城游兴阑珊，第二天早晨便启程，乘坐火车前往德国首都柏林。

23

维也纳至柏林的沿途丛林不断，森森翠柏正契合了"柏林"的中文字义。柏林街道之宽敞整洁、森林之绵亘、石像之点缀，与法国巴黎、英国伦敦三足鼎立，势均力敌。

吕碧城住在菩提树下大街，系柏林城中要道，堪比纽约的五马路和巴黎的音乐街。这里天气凉爽，吕碧城打算在此避暑，孰料突发疾病，医生告知需要做手术，不得不立即返回巴黎。

临回巴黎前，吕碧城乘坐柯克公司的车子在城内作半日游，走马观花地看了波兹坦、皇堡、国家图书馆、恺撒博物院等地。有的匆匆一览，有的过门不入，也不知道他日是否有缘至此重游？

闲暇时刻，吕碧城到城中的京津饭店用餐，和餐馆的主人用天津地区的口音交谈，倍感亲切。在异国他乡漂行愈久，所遇皆金发碧眼的外国人，说着叽里咕噜听不懂的外国话。这时候，忽然遇见黑头发黄皮肤的同胞，还是同一个地方的故乡人，操着同样的口音，说着熟悉的家乡话，那真是说不出的亲切和欣喜。

24

要说吕碧城的游兴，那是相当的高昂。即便在手术前那一小段时期，处理诸事之余，仍不忘就近旅行。"花开堪折直须折，莫待无花空折枝。"在吕碧城的观念中，诸事要趁早，否则，错过便错过了。所以，凡是她想要游览的地方，一定急于实践，就怕日后留下一丝半点的遗憾。

英国是吕碧城计划中的必游之地，所以她不顾舟车劳顿，从巴黎乘坐数小时的火车赶到布洛尼港口，横渡英吉利海峡来到英国伦敦。英吉利海峡风浪湍急，甚至比大洋风浪还要厉害，朱兆莘大使对此处曾经"谈虎色变"，但吕碧城却感觉尚勉强能够支持。

伦敦不愧是"雾都"，虽然到了英国，言语上是不成问题了，但城里每日黑雾弥漫，暗无天日，像浓烟一样熏人。吕碧城只感到眼睛疼痛，喉咙发痒，终日咳嗽不止。

在伦敦的浓雾里，吕碧城逐一参观了国家图书馆、英国博物院、水晶宫、伦敦堡、英王更衣室、皇家书院、太子室、贵族院、众议院、法庭、威斯敏斯教堂等地。其中威斯敏斯教堂多为历代君主加冕之地，也是英国王室举办婚礼、葬礼、洗礼的重要场所。英国诗人、小说家托马斯·哈代的心脏葬于其故里，身躯就葬于威斯敏斯教堂。

冬日苦短，除了食宿以外，基本上没有太多闲暇时间。吕碧城在临街的一家日本餐馆，点了一份火锅，热腾腾地自煮自食，身子立即暖和了起来。只是这里的普通小食，哪怕只是霜菘豆酪也价格奇高。

夏历除夕，吕碧城悉心打扮，独自就餐于旅馆的特别餐厅。

著黑缎平金绣鹤晚衣，蹑金舄而戴珠冕（珠抹额），自顾胡帝胡天，因窃笑曰："吾冕虽不及伦敦堡所藏者之华贵，但同一享用而不贾祸。"珠皆国产，为价本廉，当兹共和之世，凡力能购者尽可自由加冕（所寓旅馆适译名为"摄政宫"，一笑），而古帝王必流血以争之，何其愚也！

虽然没有亲朋好友从旁欣赏，但是吕碧城在除夕这样一个传统佳节里，依然盛装打扮，孤芳自赏。这寂寞燃烧的岁月，因金光闪闪的鞋履和大红的帽子而熠熠生辉。历代帝王为稀世珍宝流血相争是多么愚蠢的行为啊！在平民百姓这里，只要是正当所得，只要有能力购买，尽可自由购买穿戴，任旁人艳羡，自得其乐，其乐无穷。

在伦敦，吕碧城对当地的讼案和社会新闻颇感兴趣，还亲自撰文参与灵魂、戒杀、因果等问题的探讨。很多奇异鬼怪的现象看似机缘巧合，但未尝不是命运冥冥中的安排？

25

从 1926 年秋到 1927 年冬，吕碧城用一年时间游历了美洲及欧洲英国、法国、德国、意大利、奥地利、瑞士诸国，将一路上的见闻详细记录了下来，间或阐发自己对宗教、文学的见解和早年的经历，并以 1929 年 5 月赴奥地利维也纳参加国际动物保护大会的琐记为终篇，以《鸿雪因缘》为题，由哥大校友凌楣民代为发稿，先后连载于

《紫罗兰》杂志及《顺天时报》等。《鸿雪因缘》不但有民俗风情、当地胜景的描述，还有自己总结出来的独游欧美的办法和经验介绍，相当于"自由行"的"旅游攻略"，颇受国内读者的欢迎。

这一趟旅行，吕碧城的心情是相当愉悦的，为此还特意写下《三笑》短文，记录了旅途中的几个搞笑片段。仅抵达佛罗伦萨的次日早晨，半天时间就喔噱三次，为一些小细节乐不可支。

当然，眼界开阔只是其中一方面，随着旅程的深入，吕碧城的思想境界也随之发生变化。最大的改变就是对日本国和日本人的态度，从极端仇视、排斥变为批判性地接受，赞成"师夷之技以治夷"，这是一个明显的进步。

如果说，康有为的女儿康同璧是女子西游的"中国第一人"，将革命的种子播撒到了南洋和欧美各国，那么，吕碧城亦当之无愧为女子西游中之佼佼者。她以一个词人、诗人的诗意眼光，饱览异国风土人情，更难能可贵的是，她勤于笔上耕耘，将旅游之点滴记录下来，启示后来人，这不啻一件极有意义的事情。

可以想见，有多少腰扎围裙，背着奶娃，围着锅灶团团转的家庭妇女，看到吕碧城所写的游记，眼界大开之余，心里又是如何的羡慕嫉妒。恐怕会有更多的父母选择把自己的孩子送去上学，也会有更多的女子勇敢地迈开踏出国门的脚步，接受西方教育，游览西方国度。她们的世界里不再只有公婆、丈夫、子女，还会有更广阔的天地。女子无才不是德，而是傻瓜弱智。女子没有才学，一辈子只配作井底之蛙，只配是市井小人，只配被人欺负，只配依附于男人而存在。

西方世界远没有传说中的那么颓靡可怖，外国人也不尽是鹰眼勾鼻的长毛怪。只有走近他们，融入他们，才会认识他们，了解他们。吕碧城就是国人身边活生生的榜样，你只需踏着她曾经走过的足迹，循着她给过的经验，一步一步摸索前行，一切，都会变得简单。只要你，勇敢地抬脚迈出家门。

第十二章
归隐——慈悲护生

1

1928 年岁后，吕碧城依约赶赴德国柏林，接受胃部切除外科手术。

就像 1918 年旅美前夕突染重病心灰意冷，书寄费树蔚，恐不久物化，拟葬邓尉，又如留学美国，在纽约生病卧床，急急就医问诊，欲留遗嘱一样，这次胃部动大手术，吕碧城也免不了心中疑惑。她仿佛看到一团浓黑的雾气弥漫在柏林上空，多么害怕生命即将在这里戛然而止。她给好友费树蔚去信，委托自己的"身后之事"，话语分外凄凉：

> 胃疾久淹，将付剖割，脱有不幸，则身后之事，宜略经纪，丛残著作，托付为先。

好在柏林医生医术高明，手术十分成功。吕碧城还没睁开眼，耳边就听到啾啾的鸟鸣声。眼睛睁开一条细缝，迎接她的，是新一天清晨的朝阳。

柏林手术之后，吕碧城返回巴黎，仍旧寓居格兰德旅馆。可是，巴黎正举办盛大的嘉年华会，大街上人声鼎沸，异常嘈杂，令人心浮气躁，夜不能寐。出于健康考虑，吕碧城听从朋友建议，移居气候与环境俱佳的瑞士安心休养。

2

大病之后有大悟。在瑞士的湖山春光里，吕碧城静下心来，四处打量安在日内瓦湖畔蒙特勒的新家。

这所小屋虽不大，但依山傍水，却也安静雅致。晴天的时候，澄波潋滟，白鸥回翔；下雨的时候，树林和山峦全都隐身于密集的大雨中，只有远处舰艇上的红灯穿透雨雾打破这份昏晦；倘若遇到阴霾，则松涛怒吼，雪浪狂奔，像一万骑鏖兵，震撼天地，令人心怀壮阔。

清晨，湖面腾起一层轻烟薄雾。背着满篓鲜花的花农，在雾气之中踏车经过湖岸，就像一幅动态的山水画，轻轻掠过水天相接处，只留给赏花之人满目姹紫嫣红。远处，雪山之顶白雪皑皑，与近处的青松碧湖相映成趣。一大早，在青松上搭窝的小鸟们便唧啾叫唤着吕碧城起床，来到市场上买花。爱花之人，每天鲜花不断，虽先前所采鲜花行将凋零，犹不忍轻易弃之，于是大小玻璃瓶插满了鲜花，连漱口杯也用上了。

寓居乡野，每至一处，吕碧城都能感受到瑞士当地村民淳朴的民风。霞穆拍瑞、维拉、香璧、白琅奈、派勒润，天真无邪的儿童笑脸相迎，拍手欢呼，吕碧城也一一扬手回应。有时候，吕碧城到山间采撷野花，路遇的农妇都热情地和她打招呼，一个人的旅途也因此不再寂寞。世界这么大，过客有如微尘，相遇之后便永不再聚，所以，见面时礼貌地打个招呼，自有打招呼的价值。

虽然，瑞士风景迤逦秀美，瑞士人民热情好客，但是依然难以排遣吕碧城内心的孤独。当夜深人静时，一个人坐在昏黄的台灯下，无边无际的空虚如影随形，凭空而来。此刻，除了赋诗作画，除了给友人书写信件，还能做些什么呢？无以解忧，唯有文字，才是这个空虚世界里唯一的慰藉。

芜城葱赋，金谷迷香，梦里旧游暗引。飙轮掣电，逝水回澜，犹写落花余韵。记哀音、撩乱萦弦，琴心因谁绝轸？半折吟笺，箧底尘封重认。

还又仙都小寄，波腻风柔，琐窗人静。云鬟荡影，缟袂兜春，沾遍杏烟樱粉。最无端、艳冶年光，付与愁围病枕。问怎把、永昼恹恹，艰难消尽。

这段静养的日子，收到国内亲朋好友的来信，无异于在干涸的心田上洒下了一场春雨，那一天的心情都会因此而丰美滋润。只是，故国依旧战火纷乱，这场春雨，未免显得有些苦涩。身处和平之地，而心忧故国烽火，倦旅天涯，身心何其憔悴！

啼鸟惊魂，飞花溅泪，山河愁锁春深。倦旅天涯，依然憔悴行吟。几番海燕传书到，道烽烟、故国冥冥。忍消他、绿醑金卮，红萼瑶簪。

牙旗玉帐风光好，奈万家春闺，凄入荒砧。血浣平芜，可堪废垒重寻。生怜野火延烧处，遍江南、草尽红心。更休谈、虫化沙场，鹤返辽阴。

162

3

芸芸众生，世间万物，皆有生之灵性。作为地球生物圈最高等级的人类，理当心怀慈悲，善待众生。

一日，吕碧城应邀赴宴，乘车上山去新结识的女友席拍尔德女士寓所共进午餐。席间，一只大蚂蚁爬到了桌布上，席拍尔德女士伸出手指将其搓死。吕碧城见了，赶紧劝阻不可杀生。席拍尔德很诧异，问她是不是佛教信徒。吕碧城回答她，自己只大略知晓一二，唯佛教之中戒杀的宗旨与自己的本性相契合，则不妨皈依与它。

一言丧邦，况宗教挟洪水滔天之势力。立言可不慎乎？世变亟矣，惟佛教可以弭兵于人心，立和平之根本，否则国际联盟非战条约皆狙公赋芧，诡谲外交，殊鲜实效也。人事繁剧，理论纷咻，然千端万绪皆以文明为目标，惟真文明而后有真安乐。何谓真文明？即吾儒仁恕之道，推己及人。仁民爱物之心，及佛教人我众生平等之旨，使世界人类物类皆得保护，不遭伤害。苟臻此境，则人世无异天堂，脱苦恼而享安乐，地球之空气为之一变，讵不快哉！闻伦敦近有佛教之宣传及庙宇之建设，挽浩劫而开景运，跂予望之。所惜此举未能创于十稔以前，承欧洲大战之后，收效当较易也。

在这里，吕碧城第一次把佛教的作用提升到了重要到无以复加的地位，可以平息战争，在人的内心建立一座绿色和平之城。若非如此，那些所谓非战公约则朝三暮四，朝四暮三，反反复复永无宁日。真的文明，人与人之间应当是仁爱、宽恕的，人与动物之间，应当是平等相待的。大千世界，若生灵万物都能做到和平相处，那么，人间就像天堂一样，其乐融融。

4

山中岁月，居而不闲。吕碧城一边敞开心襟享受着远离俗世的清爽，醉心于毫无金粉之气的山林乡居，一边奋笔疾书，继续未完的作品集《鸿雪因缘》。

蒙特勒闲居两月余，吕碧城身体逐渐恢复了健康。因为日内瓦有事要办，故吕碧城再度重返。想起去年至日内瓦，竟然也是 6 月 4 日，吕碧城不由得惊诧莫名。仿佛人生晤会皆有定数，有的失之交臂，有的再度重逢。

重返日内瓦前，吕碧城穿上登山鞋，准备再登雪山后再行告别，天气却骤变，风雨阻隔，不得不放弃。次日天气放晴，方才乘火车登顶。一年之后再登雪山，眼前皑皑一片，是否还是去年的白雪？

> 寒锁玉嵯峨，掠眼星辰堪撷。散发排云直上，闯九重仙阙。再来刚是一年期，还映旧时雪。说与山灵无愧，有心怀同洁。

归途，吕碧城经格力昂下车拜访席拍尔德女士，告诉她次日晨即将去日内瓦。席拍尔德女士听说两次行程竟然在同一天，也很诧异，唶叹说："这是一个好兆头，你应当如期启程，不要耽搁。"

5

不知道是否"熟悉的地方没有风景"，还是因为神山飘渺或隐或现，再临日内瓦，前次黄昏散步时所见隔岸雪山被夕阳渲染，满城红霞的明艳景色，竟不复再来。吕碧城特意选择住在上回来住的旅馆，旁边便是热闹的剧场，夜夜笙歌。可是上次来，吕碧城与一众芳朋俊侣翩跹起舞，如今再来，半月也不曾涉足其中，恐早已厌倦。

半夜，吕碧城卧听隔壁剧场狐步舞、旋转舞，或呜呜咽咽，如泣如诉，或淫溢哀乱，宛转顿挫。直至汽车喇叭纷纷响起，看看钟表，原来已经清晨四点了。所有人都散去的时候，四周一片寂静。倏忽一阵雨点淅淅沥沥敲打着窗棂，这热闹之后的寂静苍凉，洗涤着歌舞的余欢，真有"夜半笙歌倦枕哀"的况味。吕碧城再也无法入睡，于是披衣起身，坐在桌前，信笔书一阕《满庭芳·日内瓦湖畔残夜闻歌有感》：

> 倦枕欹愁，重衾滞梦，小楼深锁春寒。笙歌隔院，咫尺送喧阗。想见华筵初散，怎禁得、酒冷香残。空剩了，深宵暗雨。淅沥洗余欢。
>
> 愁看，佳丽地。帷灯匣剑，玉敦珠盘。怕人事年光，一样阑珊。漫说霓裳调好，秋坟唱、禅味同参。疏帘外，银澜弄晓，江上数峰闲。

6

日内瓦湖畔每年春暮夏初有两次花会，一个是 5 月在湖头蒙特勒举行的"水仙会"，一个是 6 月在湖尾日内瓦举行的"百花会"。

6 月 23 日午后，吕碧城出发去游"百花会"，住在最适宜观看赛会的寓所。观看完赛会，吕碧城吃过晚餐就躺下来休息，可是窗外依旧鼓乐喧天，令人生厌。本来一个孤旅之人，身处繁闹的场合，感慨会更多，更何况像吕碧城这样忧骈集于一身之人呢！

一开始，吕碧城还勉强假装不闻不问，可是越是强迫自己不去听越是被喧闹声迫得无法安睡，简直堪比垓下之战四面楚歌，无处遁形的感觉。与其逃避，不如大胆迎上。想到这里，吕碧城起床梳妆，出门散步。外面游人如织，灯彩烛天，湖面光影随着水波流颤，红绿缤纷，幽艳独绝。

会场上的男男女女，手里全都拿着装满彩纸片的纸袋，随意向人抛洒，连伫立站岗的警卫也未能幸免。吕碧城也被人掷了几回，眼睛都被扔花了，于是揉着眼睛回到寓所，草草就寝。

第二天，赛会还是跟第一天一样，吕碧城想着晚上出来得备无患，于是准备了一个小篮子，悄悄把买来的一袋彩纸片藏在篮子里，上面盖上纱巾。遇到有朝自己掷彩纸的，就丢一把还击。有的人扔一下就跑了，有的人屡屡攻击不停，吕碧城也奋勇直追加以报复。那人缩着颈子揉着眼睛使劲咳嗽，大概是纸片进到嘴里去了。

吕碧城和一个游人正闹得欢，又一个人趁机去抢她篮子里的纸料，正可谓左右受敌，应接不暇。面对前来挑衅的游人，吕碧城高举起篮子，在抢纸料的人头上猛拍，纸料撒了他一头一身，方才狼狈逃走，围观者尽哈哈大笑。赛会上，人们全都嬉笑追逐打闹，却不许互相交谈，所以全都默默无言。吕碧城作为远方来客，竟与这些本地人士无端端来了一场"哑战"，真可谓人生奇趣，不啻在梦境之中。

7

吕碧城远在万里之外的欧洲，孰料其词稿竟屡遭国内"盗贼"

窃取。

之前寓居伦敦的时候，吕碧城就已经听说有人趁大诗人哈代去世之机，临摹他的字迹冒充真迹销售，国内亦有伪造王静安女士词稿的报道。这些都是借死人做文章，但吕碧城尚在人间，就有人大肆盗窃，实在是胆大无耻。

仅《新闻报》上，即发现有 4 月 27 日和 6 月 4 日两次刊登她的作品，有的捏造与吕碧城通信，将那些人编造的谎言冠以吕碧城的名号；有的将吕碧城所著作品加以篡改，冠以自己的名号，公然刊登在其他报纸上。

对这种公然盗窃的可恶行径，吕碧城痛恨不已，称其为"文痞""文匪"，认为这些人丧失了应有的人格底线：

> 年来神州一片土，已成盗贼世界，士林痞丐之充斥，尤与相埒。造谣以糊口，售淫书以荼毒社会，久为识者痛心。此辈既粗通文字，自命知识阶级，何不谋正当职业，竟出此下策，间接反损碍其生计？盖此等劣迹秽行，倘为人侦知，孰敢任用之？报纸公布之件，尚敢盗窃，如委以职业，托以财务，断无不盗窃之理。至于造谣糊口，尤属无耻之尤。国运方新，彼等先自剥夺其人格，更不计及将来公权及公民之资格矣。

正因自己的作品在故国屡屡遭文痞盗窃，吕碧城不得不远而避之，以免被污染。旅居欧美，除了自己熟稔的那些老朋友偶有来往，凡是中国人聚集的地方，吕碧城干脆一概不走访，省却万千烦恼。久而久之，国语几乎都快要废绝了。

8

吕碧城幼年寓居天津之时，见沪报上关于伍廷芳"蔬食卫生会"的报道，即去函言卫生也是属于利己行为，应当标明戒杀，以弘扬人类仁厚宽恕之道。伍廷芳回函说，原本也是此意，只因担心被人误以为迷信佛学，所以假托以卫生之名，以利于素食理念的推进。那时候，吕碧城的心里就已经蕴藏了对动物的仁爱之情。

1922 年吕碧城美国游学归来，家里曾养小狗名曰"杏儿"，全身金毛，十分可爱。一天，杏儿在街上被洋人的汽车碾伤，她不依不饶地聘请律师和洋人交涉，迫使其将"杏儿"送到兽医院检查治疗。依照一般人的眼光来看，为一只小狗诉诸法律，实在有点兴师动众。但从中亦可看出吕碧城爱护动物之心，实乃拳拳也。吕碧城离开上海时，把"杏儿"赠与好友"尺五楼主"，后来好友来函，说"杏儿"因病死去，埋于荒郊野外，吕碧城十分伤心，特意为"杏儿"作诗一首以表怀念：

依依常傍画裙旁，灯影衣香忆小窗。

愁绝江南旧词客，一犁花雨葬仙庞。

及至 1928 年冬，吕碧城偶然看到伦敦《泰晤士报》刊登"皇家禁止虐待牲畜会"之函，曾经萌发的动物保护之念再次怦然而起，当即去函讨论，并拟创办"中国动物保护会"。吕碧城拟设的"中国动物保护会"，在英国"皇家禁止虐待牲畜会"禁止虐待动物、屠杀动物时先使其失去知觉的基础上，提升到一个更高的层次，即除禁止虐待之外，还应当戒杀。

　　为证明自己的言论，吕碧城还列举了旧观念的几个误区加以驳斥。一是认为禽兽为天赐人类的食品，二是认为人类若不屠杀禽兽，那么禽兽将无限繁殖反过来吃人，三是动物的肉脂蛋白和毛皮齿羽丰富靓丽，舍弃了实在可惜，四是动物并非我等族类，不能以人道同等相论。

　　吕碧城这样反问道："如果说，动物是天赐人类的食品，那么，人类有时被猛兽所伤，是不是也该认为，人类是动物天赐的食品呢？世界万物，供给人类的物品已经十分丰盛，何必贪得无厌，以惨杀求得额外的需求呢？难道不可以用人造品来代替吗？如果说动物并非我等族类，不能和动物讲人道，那么，是不是说，黑、白、黄色不同皮肤的人类，也可以族类不同之名，互相残杀呢？"

　　心有戚戚，为众生平等，吕碧城甘愿倾尽全力，去完成这项艰巨而伟大的事业，争取这野蛮世界上的最后一点文明：

　　　　吾生有涯，世变无极，惟以继续之生命，争此最后之文明，庄严净土，未必不现于人间。虽目睹无期，而精神不死，一息尚存，此志罔替。吾言息壤，天日鉴之，凡吾同志，盍速兴起。

　　12月11日和12月21日，吕碧城分别致函伦敦"皇家禁止虐待牲畜会"和美国"芝加哥屠牲公会"，提议限制杀戮，倡议素食，非不得已屠杀动物时，应研究采取科学之法，最大限度减轻动物临死前的痛苦。而伦敦"皇家禁止虐待牲畜会"总书记费好穆也欣然复函，感谢吕碧城女士赐函，告知该会在屠杀动物方面研究的科学方法，以及法律要求屠户采取该等方法云云，并附上该会所刊各类书册，供吕碧城阅览。

为以身作则，率先垂范，这一年西方的圣诞节那天，吕碧城对外宣布断荤，成为一名素食主义者。

9

1929 年 5 月，国际保护动物会在奥地利首都维也纳召开，吕碧城应邀出席，就住在曾经住过的格兰德旅馆。第二次来到奥地利，若雪鸿重印，恍如梦境。

5 月 10 日，吕碧城来到会所探问诸多事宜，一位女职员看了她的演说稿，劝她不必坚持废止屠杀动物的提议，只要说禁止虐待动物就行了。吕碧城听后，义正辞严地回道："我这次来发表演说，是阐述自己的主张，倘若人云亦云，那么需要我来干什么呢?"女职员听了当即被她的坚持所折服。

12 日晚间，大会给与会代表们播放影片《佛教保护动物之旨》，由德国人安克白兰德逐片讲述九十余帧画面，其中最后一帧是一幅巨大的佛像。吕碧城问这幅画来自何处，答曰：印度。可是，吕碧城明明看到影片中有"涅槃"二字，想来应当是从中国得来，却因匆忙未及细问。

这一晚，吕碧城感慨万千：欧美国家多信奉上帝，竟能接纳其他教义的存在，并且如此郑重阐扬，真是难得。回过头来再看国内，本身即是佛教之国，近年来摧毁佛像，霸占庙产的叫嚣声却不绝于耳。伦敦《泰晤士报》曾刊有"The Iconoclasm in China"一文，对此颇有微词。别的国家尊崇弘扬我们国家的精髓，而我们自己却把那些国粹生生鄙夷抛弃，转而去捡拾祈求别国的剩饭菜，久而久之，将来国人想要考察自有文献的，还需要往其他国家去查找了。

　　5 月 13 日，各位参会代表开始发表演说，吕碧城被安排在第三个。虽然会议是在白天召开，但偌大的会堂里，还是电灯齐开，一片粲然。吕碧城头戴珠抹额，身穿拼金孔雀晚妆大衣，全是中国本色的东西，所有与会者均为之侧目。前两个人都说德文，吕碧城则说的是英文。

　　一个有着典型东方恬美容貌的中国女子，操着一口流利的英文演讲，而且还是保护动物免遭人类屠杀这样饱含人间大爱的内容，不由得令人眼前一亮，仿佛见到了一株稀世奇绝的植物，颇有惊艳之感。全场掌声雷动，经久不息。

　　吕碧城的演讲结束之后，台上即有人用德语、法语将她的演说词译述两次，这样全场的听众都明白了演说的要义。她走下台，给听众们奉赠中国戒杀、学佛等书的说明大纲，听众们全都蜂拥上前，围着她握手问好，很多人请她签名留念，表示赞成她对动物保护戒杀的看法。报馆记者更是趋之若鹜，自从吕碧城回到旅馆，电话铃声就没有停歇过。

　　演讲结束第二天，吕碧城因为牙齿剧痛，不得不前去就医，祈求拔去病齿。虽然医生为她注射了麻药，但是当针尖刺入牙龈的时候，还是有所知觉，心脏也震跳不已。这时候，她忽然想到了那些可怜的动物。人与动物，同样都是血肉之躯，自己拔一颗牙都如此痛苦恐怖，而那些动物根本不用麻药就被屠杀，该是多么残忍！她又想起自己旅美回国的一天晚上，看见一只老鼠钻进书桌的抽屉，于是猛地一把关上抽屉，结果老鼠的两只脚被夹在抽屉外面。她拿起一把剪刀，把老鼠的双脚剪了下来，令它不能逃跑，然后把它弄出来打死了。现在想起这些经历，内心又是惭愧又是后悔。虽然老鼠可以传播瘟疫是四害之一，但自己的行为实在是太残忍！

　　15 日下午，吕碧城去看了一场题为"犹太屠兽法割兽之喉能使兽立失知觉乎"的电影。当看到那些动物被割颈后颠扑行走过半小时才毙命，吕碧城心悸不已。尤其那些手法不够快的，动物被屠杀遭受的痛苦尤甚。所以，会上讨论所言"文明屠兽机器"以及屠兽应当"分割执行"等观点，吕碧城十分赞同。因为那样可以最大限度减轻动物临死前的恐惧感。她在《赴维也纳琐记》中，还特意在文中附上了德国"屠猪机器"和丹麦"杀鸡机器"销售公司的通讯地址，希望国人看到以后，能够采购并使用这些机器。

　　17 日，吕碧城随各会员一起参观维也纳郊外的巴登，在市政厅门口，接受了市长的吻手礼。市政厅的一位职员开玩笑说她是大会最远的客人，他年若是再开会，应当飞到北京去迎接她，众人听了全都笑起来。

　　这一个星期，吕碧城一直忙忙碌碌，又是应通讯社之邀拍 24 寸巨幅照片，又是游音乐馆，还要接受记者采访，真是忙得不亦乐乎。对于她在国际保护动物会上的出色表现，维也纳一家名为《Der Tag》的报纸这样评论道："会中最有兴味、耸人视听之事，为中国吕女士之现身讲台（演词另录），其所著之中国绣服乔皇矜丽，尤为群众目光集注之点。"的确，吕碧城的华丽现身犹如一道闪电，擦亮了世界看中国的目光。德国柏林、罗马君士坦丁、西班牙马德里、世界各地都有人邀请吕碧城前往演讲，在国际社会一时风头甚健，声名鹊起。

　　只是，繁华终有落幕时。当众星拱月的热闹情景不再，当梦里听闻故国顿挫苍凉的歌声，吕碧城仍然摆脱不了内心里凄凉的感觉，甚至比白天清醒的时候还要强烈。遂赋黄钟商之律《环京乐》一首，表达"粉醉金迷"之后"更不成欢"的哀怨惆怅：

殢春睡，听引、圆腔激楚哀丝颤。话上京遗事。周郎顾
罢，龟年歌倦。又夜来风雨，无端撩起梨花怨。萦万感残
梦，碎影承平犹见。

凤槽檀板。问人间何世？依然粉醉金迷，华席未散？而
今更不成欢，对金樽，怯试深浅。指蟾宫、早桂影都移，霓
裳暗换。渺断魂何许，青峰江上人远。

10

国际保护动物会后，吕碧城回到日内瓦，继续关注佛教动态，宣
扬戒杀事宜。她还应伦敦世界保护动物联盟之邀，发表了《呼吁于已
死之良心》，呈交给英国下议院。姑且不论吕碧城的这些行为能起到
什么作用，只她作为唯一受邀的中国人，站上国际讲台，发出属于中
国人的声音，宣讲护生戒杀的行为，就不啻为极大之勇敢。

1929 年，吕碧城所著的两部著作《信芳集，鸿雪因缘》和《吕
碧城集》也已完稿付梓，分别由好友凌楣民和费树蔚校雠，内容包括
诗、词、文、游记等。

凌楣民为吕碧城的《信芳集，鸿雪因缘》题跋：

"戊午冬，余游美洲，获识吕碧城女士于哥伦比亚大学。
女士世为皖南望族，幼擅诗词，精六法，工丹青。年十七
八，即长北洋女师教务，才名满天下。余爱慕之者久矣，一
旦海外相逢，倾盖言欢，诗文往还无虚夕。盖女士不独邃于
国学，而于佉卢之文，亦造诣綦深。尝著《革命女侠秋瑾
传》一篇，余反覆读之，击节者屡，遂为绍介于报端，纽

约、芝加哥著名各报,莫不争为刊载,而彼邦文人学士亦交
口称誉之。后余因事先女士归国,十年以来,人事倥偬,音
问遂疏。前年冬,女士自伦敦驰书抵余,命以所著《鸿雪因
缘》布诸于平津各报,于是知女士已重渡太平洋及大西洋而
漫游欧洲矣。夫欧洲多佳山水,其巅崖崛峍,江涛汹涌,可
歌可泣。今以女士清绝之诗辞出之,有不字字金玉乎?尝闻
某报昔日销售不及二万份,自刊载女士之《鸿雪因缘》后,
数日之间骤增至三万五千份。呜呼!洛阳纸贵,女士有矣。
女士有高足弟子谢黄盛颐夫人,清才绩学,独得其师之心
传,近以女士旧日所刻《信芳集》诗词及《鸿雪因缘》代
付铅椠,嘱余任校雠之责。惟余与女士为十余年文字之交,
义固难辞,乃为尽匝月之功,次第勘阅。虽然女士才识过
人,慷慨有大志,其出馀绪以为诗文,已足睥睨百氏,吐纳
万有。异日兴尽归来,抒其抱负以谋国,必有以慰吾人之望
者,又安可仅以诗人目之欤?

这一篇题跋,把吕碧城诗词创作的地位抬爱甚高,不但"字字金
玉",而且刊发其著作的报纸也因此"洛阳纸贵"。

的确,吕碧城的诗词造诣,非一般人所能及。她的诗词写作特
点,一个是用典贴切,虚实相间,看似咏物,实际寓情于山水之间,
意内而言外,通过赋诗山水,寄托故国情怀和诗人自身的沉郁悲凉。
另一个特点是意象奇谲,她把欧美国家的风光人文,不落痕迹地嵌入
五言七律之中,寥寥数语,便描绘尽名山大川的宏伟壮阔,真可谓独
辟蹊径,妙手天成。古来词人,几人能达?恐惟有吕碧城矣!

第十三章
回归——皈依三宝

1

或许是一个人孤孤单单走过太多太长的路，倦了，累了，吕碧城漂泊无定的心，终究想要找到一个永远的归宿。1930 年，时年 48 岁的吕碧城正式皈依三宝，成为在家居士，法名曼智，自号"宝莲"。从此绝笔诗词，潜心研究佛法。

其实，吕碧城与佛学结下的缘分，早在她儿时梦里就已经初露端倪。关于神、灵魂是否存在，也时有思考。在儿时的那个梦里，有人向她展示画册，画的是碧城四姐妹之事。刚开始几幅还不甚明了，后见一页中画有锦绣被褥裹着一具尸体置于荒野，旁边有人拿着锄头刨坑埋葬，云："青山怜种玉，黄土恨埋香。"后四妹去世前，曾梦中向吕碧城吟诗两句，曰："浪花十丈波十围，日月倒走山为飞。"一开始吕碧城不解其意，后得知四妹噩耗，原来去世地点名"鼓浪屿"，不知是巧合还是通灵，总之甚为诡异。

早年，吕碧城的母亲曾给她算过两次命，及待日后种种，回头再看，昔日所言竟一语成谶。第一次算命得签示云："君才一等本加人，况又存心克体仁。倘是遭逢得意后，莫将伪气失天真。"恰是勉动游子之词。后又游庐山仙人洞，母亲问询碧城婚事，得签示云："两地家居共一山，如何似隔鬼门关？日月如梭人易老，许多劳碌不如闲。"恰说中吕碧城婚姻上遭受的挫折，所遇皆无惬意者。真可谓"神道之先机默示有足征者。"

吕碧城上海的寓所初建时，亦梦得一联云："生死流转两相守，华屋山丘一例看。"病居沪上法国医院，又梦见七律半首，云："九莲华烛烂生光，玉女苍龙递守防。廿载沧桑成一笑，百年短梦弗平章。"这些梦中诗句，无一不传递着某种信号，预示着梦者未来的命运。

一次，吕碧城与友人朱剑霞同去看人扶乩。扶乩者告知两人诗云："江上谁家玉笛声，绿波如镜月华清。似闻天际仙人过，半拥朱霞出碧城。"这首诗，把吕碧城和朱剑霞两个人的名字巧妙地嵌在其中，若非事先有人通报扶乩者，否则，这样的结果还是很令人费解的。对此，吕碧城感赋七绝一首：

小隔蓬莱亿万年，飞花弹指悟春玄。
瑶池旧侣如相亿，乞向愁城度谪仙。

1917年，吕碧城去香山探望英敛之夫妇，归来后给英敛之夫妇的信中附了一阕《齐天乐》，其中"翠竹惊寒""断鸿吹影""霜冷吴天""哀蝉病蝶""残灯吊梦"等描写，就已经流露出厌世的念头。

1918年春，吕碧城两次梦见自己进入同一间坚固的房屋，人刚进门，房门就戛然关闭。似乎昭示自己不久将与世永别，惶然而醒。

1922年，吕碧城由美返沪，一日正在午睡，女佣送了一壶热水到她的房间，见她正在睡觉，咦了一声就退出去了。吕碧城醒来问她何事，女佣说，刚才明明是您站在门口要热水，等我送来，您却在熟睡，所以感到很奇怪。吕碧城回想起当天晚上有个宴会，本想要热水梳洗一番，后觉得时辰尚早，便躺下午睡了。孰料这边人在午睡，灵魂却出门要热水去了。

真真假假，虚虚实实，灵魂出窍，梦有先兆，很难用科学来合理解释。在这种时候，佛教"缘起性空""因果相承"的理念，对深限于迷茫之中的吕碧城来说，好似茫茫大海中的一束强光，一步步指引她这艘迷航的小船冲出漩涡，驶出迷津，放下一切羁绊，于繁华尘世里寻找到一方净土，大彻大悟。

2

结缘佛法之前，吕碧城曾向现代仙学创始人陈撄宁学道，还差一点成为道家弟子。

陈撄宁（1880～1969），原名元善、志祥，后改名撄宁，字子修，道号"圆顿子"，安徽怀宁人。中国近现代道教领袖人物，仙学创始人，有"仙学巨子"之誉，道界敬誉其为"当代的太上老君"。曾就读洋务大臣左宗棠在安庆开办的安徽高等政法学堂，师从严复。后为治疗所患痨病，从28岁起，四处遍访名师，深炼仙道养生之术。1912年至1914年3年间，陈撄宁逢初一、十五便往白云观求借《道藏》阅读，对丹道理论研究更加透彻。当时医生束手无策的顽症，在陈撄宁读道书、研习修养月法的过程中逐渐恢复健康。

1916年，陈撄宁从北京寻道未果，遂返沪，与留美西医师吴彝珠结婚。夫妻二人在上海民国路自设诊所行医。陈撄宁一边行中医，一边继续研习仙道修养法并从事著述，在当时上海的医药界和道教界名气很响，很多人慕名而来求医问道。

吕碧城早就听闻陈撄宁的名气，趁着先生来沪，偕同女友朱剑霞前往造访，愿习道学之论，以解身体上的病痛和精神上的萎靡。

首次拜访，初涉仙学，吕碧城对仙学的一切都感到新鲜。虽然洗耳聆听先生讲解，对这门高深精妙的学问，吕碧城还不能很好地掌握，于是常常自行前往诊所，向先生求教。陈撄宁对聪明好学的吕碧城也青眼有加，不但有问必答，还欲收吕碧城做弟子，共习仙道。吕碧城也曾帮助陈撄宁草撰《孙不二女功内丹次第诗注》。陈撄宁有《答吕碧城女士三十六问》，记录了两人之间有问有答的全部对话。

和陈撄宁一番深入探讨交流之后，对于自己在仙学道学方面的理解和态度，吕碧城特意赋《访撄宁道人叩以玄理多与辩难归后却寄》一首赠先生：

> 妙谛初聆苦未详，异同坚白费评量。
> 辩才自悔聪明误，乞向红闺怒猖狂。
> 一著尘根百事哀，需明有境任归来。
> 万红旖旎春如海，自绝轻裾首不回。

陈撄宁也以答诗次原韵相和：

> 蒙庄玄理两端详，班史才华八斗量。
> 莫怪词锋惊俗耳，仙家风度本清狂。
> 翠羽明珠往事哀，化身应自蕊宫来。
> 天花散后空成色，云在青霄鹤未回。

或许是因为仙学过于高深玄妙，常人无法通透领悟，吕碧城渐感吃力无趣，于是放弃了继续修行的打算，西行于花花世界之中。

3

1918 年春，吕碧城应好友徐蔚如的邀请，来北京听谛闲法师讲经。

谛闲法师（1858～1932），俗姓朱，出家后法名古虚，字谛闲，号卓三，浙江黄岩人，天台宗第四十三代法祖，与印光、虚云、弘一大师齐名。一生致力于弘扬佛法，四处讲经，弟子甚众，在家弟子达十余万人。

谛闲法师此次来京两月，讲《圆觉经》，弟子蒋维乔、黄少希做记录。两月下来，成《圆觉经讲义》数十万言。

吕碧城在谛闲法师讲经的两个月里，天天赶来江西会馆聆听大师教诲。她向大师诉说了幼年失怙、族人欺凌、夫家退婚等众多坎坷，请谛闲法师开示。大师给了她这样一句话——欠债当还，还了便没事了；既知还债辛苦，今后切不可再欠。

人是感情动物。人生在世，从生下来的第一天起就不停地在欠债，欠无数的孽债。生、老、病、死、怨憎会苦、爱别离苦、五蕴盛苦、求不得苦，哪一苦不令人备受煎熬呢？只有放下一切俗念，无欲无求，才能脱离苦海，无债一身轻。

这让我想起了《红楼梦》里那首《好了歌》：

世人都晓神仙好，只有功名忘不了！

古今将相在何方？荒冢一堆草没了！

世人都晓神仙好，只有金银忘不了！

终朝只恨聚无多，及到多时眼闭了！

世人都晓神仙好，只有娇妻忘不了！

君生日日说恩情，君死又随人去了！

世人都晓神仙好，只有儿孙忘不了！

痴心父母古来多，孝顺儿孙谁见了？

人生在世，王侯将相也好，功名利禄也好，离合聚散也好，所有的一切，生不带来，死不带去，一闭眼，全都化为乌有。好了，好了，一了百了。莫如放下屠刀，立地成佛。青灯素食，一心向佛。

4

1927 年，吕碧城旅居伦敦之时，友人孙夫人偶然在街头捡得"印光法师之传单，及聂云台君之佛学小册"，孙夫人对此不屑一顾："当这时代，谁还要信这东西！"但吕碧城立刻说："我要！""遂取而藏之，遵印光法师之教，每晨持诵弥尊圣号十声，即所谓十念法。此为学佛之始。"

1930 年皈依佛法之后，吕碧城专心从事翻译经文，弘扬佛法于欧洲各国，译著有《观无量寿佛经释论》《观音圣感录》《阿弥陀经译英》《法华经普门品译英》等等，大力宣扬戒杀理念，提倡素食，推崇仁恕之道。很多西方国家的杂志纷纷刊登她的文章和照片，对她的观点甚而对她个人都推崇之至。还有不少欧洲友人特意来中国受戒，皈依佛教，可见受吕碧城影响之深。

　　吕碧城一方面潜心从事佛经翻译，传播到欧美及世界各国，另一方面也不时将欧美各国的佛教动态和保护动物方面的消息传递给国内，引起国内著名居士李圆净、王季同、吴致觉等的关注。李圆净居士更是与吕碧城结下了深厚的友谊，吕碧城日后委托其处理遗产诸事，均由李圆净代理，此乃后话，暂且不提。

　　1930 年 9 月，吕碧城著作《欧美之光》由上海佛学书局出版发行。书中介绍了欧美各国佛学会、素食会、动物保护会的动态、图片等珍贵资料，也有讲演稿、个人见解评论等文章。吕碧城在《欧美之光》的序言中，叹息中国护生戒杀之说早已有之，但自海通以来，逐渐抛弃了国粹，凡吃素戒杀之说，动辄被认为迂腐可笑，殊不知欧美国家正殚精竭虑，寻求保护动物，禁止虐待之法。吕碧城说：

> 予去国十年矣，游履所及，便于瀛寰，不歆其物质之发展，惟觇其风化之转移。每述见闻，邮传桑梓，良以故邦杌陧，非关民智之不开，实緣民德之沦丧。相习残忍，肆行狉薙，其危险程度，为有史以来所仅见。盖以明末之流寇时代，及法国之恐怖时代，镕为一体。革命而不革心，纵有科学，仅能助虐济恶，欲出乱入治末由也。
>
> ……
>
> 世颇有喜逞词锋求全责备者，己既不肯为善，见他人为善，必缘较善之事以难之；见他人为恶，或缘更恶之事以恕之。夫博施济众，尧舜病诸；排难解纷，鲁连不作。为善之方略不同，亦各尽其量而已。世间善事固多，然恶事亦不可犯。譬如教唆盗窃而勉之曰："此无罪也，彼杀人越货恶甚于此者方为有罪也。"与世间善事甚多，不必茹素戒杀之说何异？此即孟子"月攘一鸡"之喻，认弱肉强食为正义。此例扩而充之，世界宁有和平？

　　溯良心之本，骍祸乱之源，则是非几微，端赖明辨，而不容邪说诐词之混淆也。海外操觚，多供报纸资料，日久不免遗轶。今承李圆净居士之介，由上海佛学书局刊行专集，遂检旧稿，益以新闻，汇编饷世，俾国人知世界之新趋势。而曩谓西儒不知戒杀者实属误解，予亦曾持此说，今旅欧既久，方自惭昔日见闻之陋也。卷末附以《西渐梵讯》，而巴黎佛化美术家 Louis Sanin 女士所绘佛像，尤属新颖，逐供艺林珍赏。俱征十洲慧业，夷夏攸同；三界群伦，怡幪普被。护生及大同旨外，别浚玄源，更斟真谛。庶知道之显晦，每间千载以为递嬗，而累世纤寰，卒振坠绪，复获中兴。其前途之久远光大，又岂鲲生蠡测所能为量也哉！

　　无疑，《欧美之光》的出版发行，填补了国内佛学界的一项空白，对于国人认知欧美佛学新趋势，拓宽国际视野，起到了重要的作用。吕碧城就像一座桥梁，一头搭在中国，一头搭在欧美，桥梁的基石，是她多年漫游的所见所闻所感，最重要的，是她一颗护生戒杀，一心向佛的拳拳之心。缺少了这一点，便没有《欧美之光》。吕碧城熟稔精炼的行文，又为书籍增色良多。

5

　　吕碧城对佛学研究的精神，可以"刨根问底"求"洞察通透"来形容。在研习《圆觉经》《法华经》等经典的过程中常有疑惑，便书信往来于王季同、常惺法师、太虚法师，请求指点迷津。

　　王季同（1875～1948），字小徐，江苏吴县人。早年赴英国留学，1928 年任中央研究院工学研究所研究员，平生有多项科学发明创造，对佛学亦素有研究，著有《佛学与科学之比较》等。

吕碧城给王季同的书信中说，她曾经主张真宰造物之说，并在报上刊发。后来自己觉得这观点有误，亟欲取消，所以撰写《梵海蠡测》一文，借以更正旧作。因恐对于佛法尚有疑惑之处，故恳请王季同居士加以指点，并委托他代寄《大公报》刊发。王季同收信后，就吕碧城信中所提五个问题，如"佛是否谓时间无始终，空间无边际，一切皆幻而不实"等一一加以详解。回函之后，王季同又加书一封，对前书所言"世界安立及龙致雨"等条加以修正。

太虚法师（1889～1947），法名唯心，浙江崇德人，中国佛学会会长，系中国人在欧洲宣讲佛教的第一人，1924 年应德国人邀请，前往柏林说法，后又应邀至法国巴黎和英国伦敦说法。常惺法师（1896～1939），法名寂祥，自署"雉水沙门"，江苏如皋人。1930 年主持北平柏林教理院。

7 月 11 日和 7 月 25 日，吕碧城两次致信常惺、太虚两法师，就心中 10 个疑问向两位大师求教，表示"果得真诠，定甘归命"，"夙以戒杀为旨，万变不移"，并对"修净业者临终时，佛持金台或银台来接引。念佛功深者得金台，功浅者得银台"一说表示了疑问：金贵银贱，那是人世之事，何以佛国也以此为区别呢？

因太虚法师只在京逗留一月，已往四川弘法，不能及时看到吕碧城的书信，故由常惺法师全权一一回复：

　　两奉手教，敬悉种切。学佛过程，原区分信解行证之四步，道席注重依正解，起信而后笃行，甚得学佛之旨。盖佛法重在以正智而破迷惑，非欲人屏除理智而盲从也……

十问十答，常惺法师以自己对佛学的深刻理解，解答了吕碧城心中的疑问，并给她开出了《佛地经论》《解密深经》《摄大乘论》《因明论节疏》《十二门论》《瑜伽菩萨地》《楞严经》《中论》《法相纲要》等22本必读经论。

6

翻译经书的过程是崇高而圣洁的。翻译的过程，也是潜心修习的过程。晨起，吕碧城净手焚香，夜来沐浴洁身，念经诵佛完毕，便伏案译经。她渐渐褪去凡俗之身各种妄念，沉下心来，舍弃一切名利，遇事不再嗔怒烦恼，力持五戒及慎身口意三业。

译经的同时，吕碧城也不荒废词作，此间有《丹凤吟》《夜飞鹊》等数十首词作问世，大抵与参佛境界有关。

一阕《夜飞鹊》，写参禅褪去人间红翠之境界：

> 春魂蹿尘网，谁解连环？参彻十二因缘。还凭四谛说微旨，拈花初试心传。迦陵妙音转，警雕梁栖燕，火宅难安。何堪黑海，任罡风、罗刹吹船。
>
> 观遍色空曼艳，幻影更何心，往返人天。回首飙轮万劫，红酣翠脤，销与云烟。阿罗汉果，证无生、只有忘筌。似蝶衣轻褪，金针自度，小试初禅。

一阕《波罗门引》，写静心戒持的决心：

> 波罗六度，戒持檀犀自惺惺。慈云普护众生，道是羽鳞毛介，一例感飘零。叙兰桡待渡，彼岸同登。
>
> 矗云几层，未忍向梵天行。比似精禽填海，凤愿思赢。

神山引风，不空尽、泥犁功不成。申旧誓、水渺波平。

一阕《隔浦莲近》，写净身素衣，跏趺坐禅的通灵感悟：

　　心香一瓣结念，通过灵台电。骨借金茎铸，云衣换，尘装浣。鸂鶒知倦恋。沧波外，隔浦终相见，片蒲展。

　　跏趺渐定，禅观十六参遍。素襟如水，冷入莲裳秋滟。华藏庄严是信愿。非幻，绿房珠证圆满。

一阕《法驾引》，写参禅之后勘破一切人间恩怨，烦忧齐解的境界：

　　素花谁探？绀绡暗解莲房绽。耿吟眸，望来去金身，共腾肩焰。撩乱，更曼蕊陀罗，斜吹蒀雨法筵满。试回首，微茫下界。笑槐安，蚁游倦。

　　晼晚。山邱一例，莫论人间恩怨。计桂魄终销，橙晖永逝，万般皆变，凝眄。卷螺云无尽长空，惟有佛光绚。到此际、烦忧齐解，旧情休恋。

7

或许是译著过于辛劳，1932 年夏，吕碧城的胃病又犯了，不得不再次移居柏林就医。医嘱要她放下手头的一切事务，静心休养。对于吕碧城来说，无所事事地养病实在是过于无聊。于是，百无聊赖之际，她重新拾起笔，抒写久违的故园情怀。

一阕《霜叶飞》，写尽游人十年漂泊的沧桑心境，"愁云惨淡万里凝"，谁又能明了我就像一片远天的孤云，朱颜已逝，飘浮无定？

故国战乱未平，我身在这和平之地，心尤为不忍：

> 十年迁客沧波外，孤云心事谁省？兰成词赋已无多，觉首丘期近。望故国、兵尘正警。幽栖忍说山林稳。听夜语胡沙，似暗和、长安乱叶，远递霜讯。
>
> 不分红海归来，朱颜转逝，驻景孤负明镜。但赢岩雪减秋寒，上茂陵丝鬓。算一样、邯郸梦醒。生憎多事游仙枕。指驿亭，无归路。马首云横，锁蓝关暝。

这年秋末，吕碧城所著《晓珠词》二卷本再版刊印。她在《晓珠词跋》中这样写道：

> 右词二卷，刊于己巳岁杪，迨庚午春，予皈依佛法，遂绝笔文艺。然旧作已流海内外，世俗言词，多违戒律，疚焉于怀，乃略事删窜，重付锓工，虽绮语仍存，亦蕴微旨，丽情托制，大抵寓言，写重瀛洲花月，故国沧桑之感。年来十洲浪迹，环奇山水，涉览略遍，故于词境渐厌横拓，而耽直陟，多出世之想。闻颇有俗伦揣以凡情，妄搛谣诼，爰为诠释，以辟其误，西昆体晦，自作郑笺，恨未能详也。卷尾若干阙，乃今夏寝疾医舍无聊之作，遣怀兼以学道，反映前尘，梦幻泡影，无非般若，播梵音于乐苑，此其先声，倘亦士林慧业之一助欤！

从 1929 年到 1932 年，只短短 3 年时间，曾经的"绮语花月"，如今竟"多出世之想"，吕碧城看世界的眼光和思量，该经过怎样一段纠缠辗转！前尘如梦，梦幻泡影，只有耳边的梵音，才能助我达到物我两忘的境界，祛除身体病痛，忘却世间沧桑。

8

1933 年，离吕碧城离开故国已经八个年头了。这年冬天，莱蒙湖畔的风雪似乎特别寒冷猛烈。静谧的深夜，吕碧城独自坐在书桌前，心神不定，经书也被她推在了一旁，无心揣摩。窗外，雪花扑棱棱敲打着窗棂。寒风呼啸，仿佛有一个声音由远及近，从山顶落到山谷，最后落到她的山间小屋门前，一遍遍轻声呼唤着："碧城，回来吧——回来吧——"。

啊，那是故国的呼唤！此去经年，离家已经太久太远！八年前离开故国时，心田里便种下了一颗思念的种子，无时无刻提醒着游子不日归期。八年后，这颗种子开始疯长，重重的藤蔓穿透万水千山，穿透重重藩篱，也穿透了游子那颗寂寞凄凉的心。它仿佛一根粗大的鞭子，一鞭鞭抽在游子的足跟，催促她：不要犹豫，快快回家！

虽然故国依旧狼烟四起，但那里有吕碧城情投意合的诗词文友，也有她敬重有加的高僧居士。无论故国如何纷乱，青山，绿水，黄土，曾养育她长大，从嗷嗷待哺的婴儿，长成亭亭玉立的姑娘。那里永远是她魂牵梦萦的第一故乡。

敌不过对故国刻骨的思念，吕碧城简单收拾了行装，匆匆踏上归国的旅程，回到了阔别八年的上海。

两次别国，都正值中秋。巨轮载着游子离故土越来越远，海上升明月，心潮几翻跹。如今，归去来兮，这一次，是离故土越来越近了；这一次，是要在故乡的土地上，抬头望新年的明月了。此时此刻，她的心境可以说是别有洞天啊！

第十四章
谢幕——寂寞凋零

1

回到上海静安寺的家，吕碧城几乎闭门不出，潜心翻译佛经。在译经的过程中，慢慢领悟佛教的真义与智慧，享受佛祖摩顶的温暖。历时三年，终结硕果。《法华经》《阿弥陀经》等译著，均是在通透研读经书的基础上，辅以自身对佛教教义的领悟而用心写就，浸透心血，字字珠玑。

说来也怪，按说参佛之人，心地慈悲，对他人当宽容以待。但当众多亲友劝说吕碧城与二姐吕美荪捐弃前嫌，重修旧好时，吕碧城却执意不肯，依然固我。她把二姐比作"情死义绝"之人，甚至在《晓珠词》篇末自注里把对二姐的怨恨也附了上去：

> 予孑然一身，亲属皆亡，仅存一"情死义绝"不通音讯已将三十载者。其人一切行为，予概不预闻；予之诸事亦永不许彼干涉。词集附以此似属不伦，然读者安知予不得已之苦衷乎？

冰冻三尺，非一日之寒也。吕碧城戒杀护生、办女学、捐资赈灾，哪一项不是怀有仁心大爱。只在血缘关系最亲近的人这里，却一反常态，近乎绝情，可见与二姐吕美荪之间的感情隔阂由来已久。

隔阂之源头，应从英敛之起算。吕碧城与英敛之素来交好，但随着二姐吕美荪的加入，英敛之渐渐亲美荪而远碧城，甚至深恶之。1925 年，大姐吕惠如在南京病逝，吕美荪虽与惠如同城，且为同胞手足，但当惠如离世，家族起争遗稿和财产风波时，却袖手旁观甚至"萁豆煎催"，令吕碧城愤懑不已，终生耿耿于怀。更令吕碧城无法容忍的是，二姐吕美荪不但访日，与日本诗人唱和，还为日本天皇献诗。1927 年，吕碧城旅欧，住瑞士蒙特勒火车站旁的旅馆，住宿登记表里要填父母、夫妻、兄弟姊妹的信息。吕碧城均填的是"无"，那时便已把二姐彻底排除在亲人之列外。

虽然与二姐隔阂甚深，但与大姐吕惠如，吕碧城却情真意切。当年大姐全力支持她新办女学，在她生病的时候专程赶往探望，还送她去汤山温泉静养沉疴，吕碧城感念已久。此番回国，特意多方收集大姐遗稿，得《惠如长短句》一卷。虽惜非全璧，却犹自欣喜，特赋《减字木兰花》一阕以纪：

> 班微往矣，一代鸿才能编史。片羽人间，零落犹存漱玉篇。
>
> 娄蟾垂陨，雨横风狂凌病枕。萁豆煎催，偏在尘寰撒手时。

2

1935 年春，吕碧城从上海专程赶赴天津，拜访老友徐蔚如。

早在 20 年前，徐蔚如在财政部任职时便与身为袁世凯秘书的吕碧城相识。及至宁波四明山观崇寺的谛闲法师北上讲经之时，两人更是一同受教，一同皈依谛闲法师，吕碧城法名明因（后改为圣因），徐蔚如法名显瑞。谛闲法师回观崇寺后，徐蔚如与蒋维乔等创立了"北京刻经处"，专事校刻佛经，在佛教典籍整理方面作出了重大贡献，被尊称为"华严学者"。

一晃廿年，一头青丝早已点染华发。吕碧城与徐蔚如共同探讨唯识、法相、因明、中道等话题，分享各自所学心得，互通有无，受益匪浅。

从天津返沪后，吕碧城很快给徐蔚如汇去五千元，预告自己将于某月日西归，嘱托徐蔚如于是日为己延僧，并为布施。但旋即她又电告徐蔚如，言去期尚有待，此款留作其他功德。彼时恰好北平有僧伽医院将建，吕碧城听闻，慨然委托徐蔚如将此款捐赠用于医院建设。

五千元在当时应是一笔不小的数字。或许有人会说吕碧城傻，辛苦了大半辈子，挣得的钱不晓得自己享乐，却拱手付与他人。的确，钱是一样好东西，它虽然不是万能的，没有它却万万不能。但是，同样是钱，只要用得其所，它就是有价值的。在吕碧城眼里，把钱用在弘扬佛法、扶助弱小方面，远远比个人吃喝享乐要有价值得多，为此花再多的钱也值得。

3

山雨欲来风满楼。20 世纪 30 年代爆发了全球经济危机，美国为摆脱困境，实施"白银政策"，导致中国白银大量外流，最终酿成了1935 年中国的金融风暴，上海大量的钱庄和银行倒闭、歇业。国外，日本帝国主义加强了对我国尤其是华北地区的侵略；国内，蒋介石仍然坚持攘外必先安内的政策，国共两党战火不断。内忧外患，导致经济萧条，生灵涂炭。局势如此动荡不安，促使吕碧城再次萌生去意。

是年，她离开上海，移居香港，远离了十里洋场的灯红酒绿，隐居于"东方之珠"跑马地的菩提场大殿，过起了清心寡欲的居士生活。迁居之前，还有一段佳话不得不提。

吕碧城原先所居并不在菩提场，而是距跑马地不远的山光道十二号一所三层小洋房。等她搬进去住以后，发现小洋房的房梁已被白蚁咬得千疮百孔，岌岌可危。若不管不顾，日后房梁定会断裂落下伤人。若要根除，必伤白蚁性命。吕碧城不忍心残害白蚁性命，遂低价转手卖掉了该处房产，转迁至菩提场。有白蚁的那座房屋任由他人处置，所谓"眼不见心不烦也"。

为几只白蚁低价折让整栋房产，听起来似乎匪夷所思。但在吕碧城身上，这事就再正常不过了。蝼蚁虽小，也是活生生一条命，岂容任意扑杀？护生戒杀，当从这些点滴细微之处做起。吕碧城遵行三皈五戒近乎严苛，所食全素，连鸡蛋也不再食用了。

从旁人角度来看，吕碧城为几只白蚁迁居之举近乎迂腐。白蚁对木质建筑的危害早已昭然若揭，倘不及早扑杀，危害情况会越来越严重，最后甚至会损害人类自身安危。可是，三皈五戒真的迂腐无用吗？

且看"三皈"，即皈依佛、皈依法、皈依僧。"五戒"，是在家优婆塞、优婆夷的受戒条，即不杀生、不偷盗、不邪淫（出家为不淫戒）、不妄语、不饮酒。仔细想来，且不论是否"三皈"，倘若人人都能做到"五戒"，这世界便一派和平，再无战事，人与人其乐融融，人与动物和谐相处。慎独慎微，自律的人多了，这世上杀戮、偷盗、淫乱、谎言便会少许多。

皈依佛法的僧人居士抵制各种美食诱惑，青衣素食，一心向佛，慈悲众生，非平常人等所能及。对于他们，我们当满怀敬意，何来质疑迂腐一说？

4

虽定居香港，但吕碧城仍惦记着母亲的忌日，赶回上海为母亲祭扫孤坟。回想起年幼时母亲的万般疼爱呵护，以及母亲猝然离世后自己无依无靠，孑然一身漂泊无定的苦楚，想到母亲早已含笑黄泉，再也听不到她倾诉万千心事，任由千呼万唤也再不能回应，不由悲从心头起。连坟墓前松树和楸树的树叶也哗啦啦作响，似乎也在为她恸哭。一阕《临江仙》，饱含几多辛酸思忆与热切怀念：

> 空记茕孤家难日，伊谁祸水翻澜。长余风木感辛酸。囊萤书读，手线泪常弹。
> 东望松楸拼一恸，无由说与慈颜。虚声今日满江关。重泉呼不应，多事锦衣还。

祭扫完母亲的坟墓，吕碧城转道苏州，探望一别十载的老友费树蔚。十年前，吕碧城再度去国前，与沈月华女士同去苏州桃花坞大街"桃坞别院"拜访费树蔚。费树蔚盛情款待，在鹤园设宴为她俩接风洗尘，又相约乘游艇同游吴江，一路欢声笑语，诗词相和，好不快哉。

孰料，还在半路上，当吕碧城向路人打听先生去向时，路人告之以先生早已于去年病故的讣讯，她当场就愣住了。十年，我回来了，而你却撒手西去。昨日欢笑犹在耳际，又怎堪斜阳西下，只留断肠人在天涯！浮生若梦，恨只恨，这梦醒得太早，怎不多给一年半载，让我与旧时好友把杯换盏，再续前缘？

得知故友死讯，吕碧城心下怆然，凄楚无处诉，匆匆回车返程。途中挥泪写就一阕《惜秋华》，纪念这位可亲可敬的友人：

> 十载重来，黯前游如梦，恍然辽鹤。凄入夕阳，依稀那时池阁。人间换劫秋风，催荜谱金荃零落。忆分题步韵，惊才犹昨。
>
> 横海锦书绝，袤山阳怨笛，旧情能说。甚驿使，传雁讯、蓦逢南陌。长思挂剑延陵，倘素心、逝川容托。凝默。啸寒岩、万楸苍飒。

这一年，吕碧城的内心尤其悲凉。时局动荡，战火将至，母亲的坟墓不知还能不能亲往祭扫，多年老友费树蔚先她而去，当年出资捐助办学、与其东渡日本考察的卢木斋老先生之女卢云青也因病逝将从北京移柩天津。还有两位在戒杀护生上志同道合的朋友，一位是美国《蔬食月刊》主笔奥尔伯特夫人，一位是其资助二十磅金出护生之书的英国友人福华德氏，亦先后传来死讯，怎不令人无尽唏嘘！书信犹在，人已驾鹤西去，今后，弘扬护生戒杀的道路上，只剩我一个人孤独前行矣！

5

此次归国，吕碧城在南京和北京都作了短暂停留，分别去"金陵刻经处”和北京光孝寺、万寿寺等处查阅了一些经卷，后于次年年初返回香港。

1937 年 3 月，吕碧城《晓珠词》三卷本刊成。在前两卷的基础上，添加了年来所做新诗词数十首。在词跋中，吕碧城这样写道：

> 予慨世事艰虞，家难奇剧，凡有著作，宜及身而定，随时付梓，庶免身后淹没。曩刊《晓珠词》即本此旨。
>
> 迨以旧刊告罄，索者踵接，无以应也，乃谋重锓，釐为三卷。初稿多髫龄之作，次旅欧之作，归国后专以佉卢文字迻译释典，三载始竣。重拈词笔，月余得如干阕，即此卷也。
>
> 手写新稿先付景印，将与前二卷合刊，俾成全璧。敝帚自珍，深愧结习之未蠲也。

1937 年孟夏，吕碧城词兴一发不可收，百日之内竟创作六十余阙新词，《晓珠词》四卷很快也付梓。为此卷，吕碧城题跋道：

> 年来潜心梵夹，久辍倚声，由欧归国后，专以佉卢文字迻译释典，三载始竣，形神交瘁，乃重拈词笔，以游戏文章息养心力。顾既触凤嗜，流连忘返，百日内得六十余阕，爰合旧稿，釐为四卷。草草写定，从今搁笔，盖深慨夫浮生有限，学道未成，移情夺境，以词为最。风皱池水，狎而玩之，终必沉溺，凛乎其不可留也！至若感怀身世，发为心声，微辞写忠爱之忱，《小雅》抒怨悱之旨，弦歌变徵，振作士气，词虽末艺，亦未尝无补焉。予惟避席前贤，倒屣来哲，作壁上观，可耳。

以吕碧城的诗词功力，在旁人来看艰深晦涩的填词创作，于她竟是"游戏"，乃是为"息养心力"而作，无异乎信手拈来，有如神助。这段时间是她创作的高峰期，然而，在吕碧城的意识里，吟诗诵词虽好，长久沉溺其中，则有碍于学道之路。于是《晓珠词》四卷之后，吕碧城决意搁笔，专心向佛。

6

仿佛一段美妙动听的音乐放到一半便戛然而止，吕碧城就此搁笔，又将有多少佳词妙句飘逝风雨，未能于史册留香，实乃词坛一件憾事。但是，对吕碧城来说，这却是她毅然决然的选择。

且不论《欧美之光》《观无量寿佛经释论》《法华经》《阿弥陀经》《梵海蠡测》这些与佛学、素食、保护动物相关的译著论作的影响力，也不论《信芳集》《吕碧城集》《雪绘词》《香光小录》这些文集受欢迎的程度，单就《晓珠词》一版再版的事实，足可见吕碧城诗词在国人心目中的地位。

吕碧城在诗界、词界的名气以及供职袁世凯政府、兴办北洋工学、游历欧美的传奇经历，令文人雅士多仰慕，国内外多方记者更是倾力追随，跟踪报道。1935 年秋，吕碧城从香港赴广州游玩，《公道报》的记者作了题为《欢迎吕碧城女士》的报道，对其努力向世界阐扬中国文化、介绍西洋知识给国人以及其在国际社会上的地位给予了高度评价，把她和上海著名的新闻学家、新闻教育家、中国新闻史研究的开拓者戈公振先生相提并论。

7

1937 年，日本侵略军制造了"七·七"卢沟桥事变，侵占平津后，企图侵占上海，而后进攻南京。8月13日，日军以租界和停泊在黄浦江中的日舰为基地，对上海发动了大规模进攻，"淞沪抗战"爆发，战事一直持续了三个月。

此刻，好友龙榆生的一封来信，如空谷足音，打破了吕碧城内心的宁静。

龙榆生（1902～1966），名沐勋，号忍寒公，又别号风雨龙吟室主、荒鸡警梦室主。江西万载人，是20世纪最负盛名的词学大师之一，其词学成就与夏承焘、唐圭璋并称。其先后在暨南大学、广州中山大学、南京中央大学及上海音乐学院等校任教授，曾主编《词学季刊》《同声月刊》，著有《中国韵文史》《忍寒词》等。

"淞沪抗战"爆发的时候，龙榆生就住在沪西极司菲而路（现在的万航渡路）康家桥廿一坊，发生战事的真如、闸北相去不远，吕碧城心内十分担忧友人生死，如今一封书信报平安，当下慰怀。和龙榆生《临江仙》一阕，以南唐李后主七夕忌辰，隐喻"七·七"卢沟桥事变，表达对国土失守的忧虑和惆怅：

> 薄命词皇初度日，瑶空灵鹊齐飞。长星偏近玉绳西。传杯良夜，胡舞手同垂。
> 莫问仓皇辞庙事，南唐残梦凄迷。何须挥泪对红儿。陈宫脂井，余艳尚相依。

吕碧城告诉龙榆生，自己所译刊于上海的各经书近期寄到香港，因担心世事无常，耗费十天十夜整理封缄，迅速分寄至欧美，不至于使其湮没于战火纷乱之中。她还委托龙榆生帮忙，向朋友介绍，以两万五千元出售山光道十二号的房屋。当这一切做完，拆阅、回复中外各地来信，已经拖延半年之久了。

这一年，好友徐蔚如与天津佛教居士设立"妇孺临时救济院"，收容因战乱流落街头的难民，未料积劳成疾，于此年冬天逝世，享年60岁。岁月催人老，战火断英魂，眼看着好友亲朋一个个离自己而去，苍茫斯世，惟存余一人苟活，心何戚戚焉！

8

1937年冬，吕碧城胃疾加重，自恐时日无多，遂决意离开香港，先至新加坡，后赴瑞士，以远离战事，觅一僻静之地，伴青灯诵我佛，寂静终老。临行前，她捐出十万余元以结善缘，还把自己的所有零用物品转赠同道，似是抱定了一去不回的决心。

离去，归来，再去，再来。这反反复复来来去去中，隐含了多少无奈？倘若国泰民安，倘若夫贵子孝，倘若故土尚有一丝牵挂，吕碧城又怎会多年异国飘零不思归？

> 兰荃古艳，谁向三千年后剪？移过西洲，又惹东风万
> 里愁。
> 湖山丽矣，但少幽情如屈子。花草风流，彩笔调和两
> 半球。

在这阙《减字木兰花》中，吕碧城自比当年因反对楚国与秦国订立黄棘之盟，含冤被楚怀王逐出郢都，被楚襄王放逐江南，最后跳汨罗江以死明志的屈原，表明虽他国湖山秀美，实际上自己也是愁绪万千无心欣赏，西移之举实乃不得已而为之。

9

吕碧城在新加坡只做了短暂数日停留，便去了马来西亚的槟城疗养。1938 年 2 月，由槟城启程，再度向瑞士进发。

瑞士这个国家于吕碧城可谓渊源甚深。蒙特勒和日内瓦的山水人文给吕碧城留下了美好的初印象，她对这个和平文明的中立国一直情有独钟，多次诗词盛赞，甚至一心向往在此终老。一阕《祝英台近》，表明归隐阿尔卑斯山的心迹。呜呼！我已至迟暮之年，红颜已老，诗词难赋，便共这乱峰晴雪荒山化石一同老去，作古千年吧：

> 乱峰皑，晴雪烂，寒共玳云沍。一往心期，长与此终古。小楼还带危栏，便无烟柳，也偏对、夕阳沉处。
>
> 黯迟暮，宋玉减尽风流，微词已难赋。啼笑都非，倾国不堪顾。拼教澹到无言，荒山化石，更何必、韩陵能诉。

虽然回到蒙特勒的旧时屋，恢复了日出而作日入而息的正常起居，但吕碧城的内心犹不能平静。她这番是远离了战火，在阿尔卑斯山脚找到了难得的宁静，可是，她的故国同胞们还被践踏在侵略者的铁蹄之下，国共两党仍在为保家卫国浴血奋战，一众亲朋好友身在藩篱，生死未卜，着实令人心焦。一阕《鹧鸪天》，描述了天涯旅人劫后余生，重返旧地的凄怆心境。"夕阳""鸦影""寒山独往人"，真是身静心不静，愁绪难平：

> 寥落天涯劫后身，一尘重返旧时村。犹存野菊招彭泽，不见宫人送水云。
>
> 晴雪灿，冻波皴，夕阳鸦影画黄昏。收将万变沧桑史，

证与寒山独往人。

10

蒙特勒的山居生活寂寞而清苦，竟不知何时春暖山谷，把温暖照射到旅人灵犀深处。在等待春暖花开的日子里，吕碧城静心翻译《净土纲要》，并于4月17日书寄龙榆生，委托其交佛学书局刊印。并叮嘱若佛学书局处的存款不够支付刊印之资，可与聂云台协商，恳请聂先生转募或者先行垫资，及后告知垫资之数，容后奉还。

在信的末尾，吕碧城特意提及《净土纲要》序尾处的细微改动，表明自己学佛道的坚定誓愿：

> "下略"二字应删，而补以"予请以大乘四无量偈结束之偈曰：众生无尽，誓愿度烦恼无穷，誓愿断法门无量，誓愿学佛道无上。誓愿成。"

这年，吕碧城的词集《雪绘词》在新加坡刊印，遂寄赠老友。还托龙榆生将小册代寄四川威远县镇西场佛学社的慧定法师和女词家丁宁，劝说丁宁弃词学佛，以免因此"自误"。

7月31日，龙榆生复信。吕碧城回信劝龙榆生也参佛，且"早日为计，勿沉沦也"。为对自己的言词加以佐证，她告知以85岁的"散原老人"陈三立于北平沦陷之际，绝食逝世。旁人都忍辱偷生，解脱之法，惟往生佛国。又如香港巨富何东夫人张莲觉去世，好友叶恭绰及百余亲朋见证了张莲觉"白光起于尸足，绕身而上，往生佛国"的神奇现象。另严复之媳吕淑宜女士精研西学，却也在北平万华山为尼，法名常慈。其实，有学识的知识阶级信佛，并非迷信，而是感于世界太苦，实在不堪郁郁久居。

龙榆生 10 月 14 日来信，告知吕碧城已经开始参佛，吕碧城甚感欣慰，速速回函：

> 兹请更进一步，下大决心，最好能持五戒及永断肉食，否则严戒杀生。宅中立即供奉阿弥陀佛圣像，每日至少诵圣号百声，此系万劫生死关头，勿迟疑也。

11

1938 年，香港首富何东的夫人何张莲觉居士仙逝。

张莲觉是一位虔诚的佛教信徒，富而不骄，乐善好施。每到闹饥荒或兵荒马乱之年，总是和丈夫斥资巨万，广济灾黎。"东莲觉苑"，便是何东与张莲觉斥资十五万元之巨兴建，并以夫妇二人的名字命名，香港最早设立的弘法道场。

吕碧城常去"东莲觉苑"阅览佛书，与张莲觉弟媳林证明居士的内侄女，监苑林楞真惺惺相惜，结下了深厚的同志之谊。受林楞真嘱托，吕碧城亲为张莲觉写传记，讴歌了居士兰质蕙心，慈悲众生的品行：

> 繄善女人，法号莲觉。挺生震旦，含章表烈。阃房连璧，琼树骈柯。锵鸾而迓，佩玉之傩。胡先胡后，维良作则。质秉芝醴，型式懿德。百禄攸加，莫罄其志。忧矣轶尘，幡然出世。巍筑大厦，净侣同参。黉开庠序，轴蔚娜嫘。阃内宣文，女中长者。体道居贞，慈悲喜舍。方冀天

南，愁遗一老。迦音未央，巫阳遽召。临期属纩，放妙光
明。异迹遐播，薄海咸惊。笄弁同功，奚间蝶首。珠女龙
骧，胜鬘狮吼。金闺之彦，玉台之伦。方兴未艾，宁让当
仁。我闻西极，国有清泰。彼岸速登，褰裳同迈。搜纪行
谊，史牒常存。千秋万祀，光于斯文。

12

1939 年 8 月，纳粹德国和苏联秘密签订了《苏德互不侵犯条
约》，一个星期后，德国入侵波兰。9 月 1 日，德国出动 58 个师近
150 万人，2800 辆坦克，2000 多架飞机，分 3 路向波兰发起突然袭
击。9 月 3 日，英、法被迫对德宣战，第二次世界大战爆发。战火蔓
延至欧洲、亚洲、非洲和大洋洲。

受时局影响，国内友人的书信一度搁浅，直到 7 月 15 日，龙榆
生的信函及新词方才寄到。吕碧城告诉龙榆生，自己本来想去美国，
愿继《蔬食月刊》已逝主笔奥尔伯特夫人护生之志，继续把刊物办
下去。一切准备工作就绪，岂料当去美国领事处签护照时，被告知只
能签 6 个月限期，不许久住，只得临时取消美国之行。

又及，这段时期，自己的胃疾又犯，下山就医时，被告知其缺乏
维生素，必须大量食用蔬果。但蒙特勒山居小屋下山购买蔬果不太容
易，不仅山下仅每周五才开市，且下山路途崎岖，以花甲之年上山下
山，亦多有不便，故转迁至山下的克拉昂。虽然克拉昂高楼临水，风
景也好，只是进入冬季即停止营业，届时仍不得不另寻住处。

信末，吕碧城赋《归国谣》一阕，和龙榆生拟《飞卿》之作。
词中写到瑞士漫山遍野的杜鹃花，开得如火如荼，在这一派红艳中，

仿佛听见杜鹃啼血的哀鸣，想起故国风雨，我这远游的燕子啊，何时才能回到家乡，栖息于旧时屋檐下？

> 红蘞。残步共花摇踟蹰。征程听遍鹃哭，乱山犹似蜀。
>
> 漫思旧游韦曲，暮云迷远目。不堪风雨华屋，燕归无
> 处宿。

这一年9月，吕碧城致函陈无我居士，告知由正金银行汇军票50元，嘱一半用于买物放生，一半用于捐助《觉有情》刊物每年10月发行保护动物专刊。3年后，吕碧城又继续汇资千元，嘱用以护生主题，可见其不吝金钱，专事动物保护而无怨无悔。

13

1940年，欧洲战火日浓，瑞士虽是中立国，受战事影响，国内日常供给亦显不足。吕碧城思虑再三，由瑞士取道新加坡、泰国，复回到香港，居东莲觉苑。

在泰国曼谷之时，吕碧城为英文本《因果纲要》的出版题跋：

> 人类以色碍之身，无论境遇优劣，品味高低，皆不能免苦。若值乱世，其苦尤剧。人当痛苦时，则易受感化。佛法之信仰，最能安慰人心。此书以英文述之，旨在感化欧美，俾于欧战后痛定思痛，了然于因果业报，知此肉身之器世界外，别有乐土，即西方之阿弥陀佛国。则心有所属，自能不造恶业而甘淡泊。西哲雪蕾（She Lley）曰最寡欲者与天道最近，与吾国康有为氏诗曰"与世日离天日近"，可谓不谋而合。盖征文轨虽异，而真理则同也……

　　关于因果，佛教《三世因果经》讲人的因果报应，一是人的命是自己造就的；二是怎样为自己造一个好命；三是行善积德与行凶作恶干坏事的因果循环报应规律。《涅槃经》讲"业有三报"，为现报、生报、速报，言干坏事作恶之人，终有报应，而行善积德之人终会得福报。冤冤相报何时了，那些兵刃相向的国家，今天你侵犯别国领土，必然会遭到反抗，自己的民众也会因此处在水深火热之中。只有不作恶，甘淡泊，才能离天道近，享受恬淡适宜的人生。

14

　　1940 年，印光大师在苏州灵岩山圆寂。十三年前，吕碧城因受印光大师宣扬佛法的宣传单指引，踏进佛学之门，对大师自当格外尊敬景仰。遂作《印光大师赞词》，录于《印光大师永思集》：

　　　　狝狋大师，降祥震旦。广度群伦，期登彼岸。莲风独振，丽日中天，戒行精粹，道格高骞。针砭薄俗，日诚与敬。万善同归，资粮相应。兹闻灭度，发予深慨。陈子邮函，殷重乞诔。一十七载，瀛海栖遑。平生问道，竟失蘷墙。不慕其名，唯钦其德。久矣心仪，岂关耳食。当兹末法，奈耶废弛。我寄微词，谁谙密意？灵岩苍苍，石湖洋洋。必有健者，继踵香光。

　　两年之后，弘一大师李叔同亦于福建泉州温陵养老院"晚晴室"羽化西去，中国大地再失一位纯粹的佛教大家。弘一大师，即李叔同（1880～1942），谱名文涛，幼名成蹊，学名广侯，字息霜，别号漱筒；出家后法名演音，晚号晚晴老人。生于天津，祖籍山西洪洞。精通绘画、音乐、戏剧、书法、篆刻和诗词，为现代中国著名艺术家、艺术教育家，中兴佛教南山律宗，为中国近现代佛教史上最杰出的一位高僧，又是国际上声誉甚高的知名人士，被佛门弟子奉为律宗第十一代世祖。那首著名的《送别》便是出自大师之手：

> 长亭外，古道边，芳草碧连天。
>
> 晚风拂柳笛声残，夕阳山外山。
>
> 天之涯，地之角，知交半零落。
>
> 一瓢浊酒尽余欢，今宵别梦寒。

吕碧城曾与大师曾同寓天津，皆供职教育界却未曾谋面，只闻大师远名神交于心而已。为寄哀思，吕碧城作《悼弘一大师》，感念大师苦心向佛，弘扬佛法，普度众生出苦海的善举：

> 大哉一公，浊世来仪。磨而不磷，涅而不缁。輓輓群伦，是忱波离。昔为名士，今人天师。须弥之雪，高而严洁。阿耨之华，澹而清奇。厥功圆满，周世慇遗。土归寂光，相泯圭畴。公既廓而亡言今，我复奚能赞一辞！

15

1942 年 5 月，吕碧城将自己在东莲觉苑为梵众讲学的诸稿，收录为《文学史纲》，介绍了历代作家及文学典籍，藉文学典籍而使人明道。她在《文学史纲自序》中说：

> 文以载道，史以编年，探学术之源流，稽时代之递嬗，应有鸿编巨制；博采详搜，岂此区区小册得该其纲要哉！然士生今世，百端待理，奚暇穷年兀兀于铅椠间。此书以简御繁，为浅尝者绵蕞，非为博雅者立方隅也。至若文采票姚之士，覃思孤抱之俦，欲假文辞而移世俗，一鸣惊人，有凤翔

千仞之概，因于西山邺架，不惮穷搜，倬成绝学。盖言之无
文，不能远行，胥以用之多寡，而取文之博约，否则饰羽而
画，尼父遗讯，况常人乎？

　　今春讲学于香岛莲苑，临时属草，急就成章，而于历代
作家及文学典籍，皆择要志之，读者欲广其用，自可按图索
骥，各适所需，不囿于是编也。文之为用亦大矣哉！所谓：
"大之为河海，高之为山岳，明之为日月，幽之为鬼神，纤
之为珠玑华宝，变之为雷霆风雨"，随缘应用，獭祭于人才
腕底，建其不世之功，跂予望之。刘氏《雕龙》曰："道沿
圣以垂文，圣因文而明道。"旨哉是言！阐扬圣教，责在吾
党，此予为梵众讲授文学之微旨也。

　　这一年，吕碧城所著《观无量寿佛经释论》付梓，好友蒋维乔
为其审读校正，佛学书局总编辑，佛学界权威范古农先生为此书撰
文，给予很高的评价。

16

　　1942 年冬，吹过香岛的风异常寒冷。吕碧城似乎也感受到了生
命之光渐渐黯淡。因偶感风寒导致胃疾复发，在极度痛楚之时，她似
乎预感到大限将近，于是不顾众多道中好友的规劝，拒绝就医，并且
一一预先处理身后诸事，平静地等待生命的终结。

　　她最放不下的，自当是最爱的文字。故将平生著作俱收录编入
《梦雨天华室丛书》身后刊行，又将自己珍爱的佛像照片、本人照
片、手札、诗作、字典、书籍等一一分赠给道中好友。

12 月 30 日、12 月 31 日、次年 1 月 1 日，她接连三次致函李圆净居士，交代遗嘱。

其信一：

　　未通音讯，倏已十年，惟福德无量为诵。今秋曾以拙著《观经释论》一册托陈无我君转呈，计已达览。兹有遗嘱二件，其内容系以遗资赠与某君，须彼承译佛经，在太虚法师指导之下。如某君较我先亡，或不愿接受此条件者，则由居士承受，惟除太虚法师指导之下一句，因居士年龄及资望均较某君为高，故毋须他人指导也。事关弘扬佛法，居士义不容辞，务祈协助为感。又此遗嘱无论如何请勿寄还香港，因尊函寄到时，城或已辞世也，故此敝函亦不望赐答。如实无办法，亦可由尊处请佛学界公议处置之。专此拜托，敬请法安。吕碧城谨启，三十一年十二月三十日。

其信二：

　　昨寄遗嘱，处置纽约存款。今再寄另一遗嘱，处置旧金山存款。此嘱内容是说将旧金山存款捐与 Mr Beech，为维持彼所办之《蔬食月刊》，但须由彼写据承认，至少须继续出版五年。彼如不接受此条件，则捐与李圆净居士为刊印佛经之用。此遗嘱今拜托居士保存，俟世界恢复和平，能与美国通邮时，方能寄与 Mr Beech。但届时请居士勿忘记此事耳，一笑。匆上敬请道安。吕碧城谨启，十二月三十一日。

其信三：

　　两寄遗嘱，计均蒙收到。兹再寄此嘱，附旧信两封，即告完毕。敬求接受，代为保存，侯上海之麦加利银行恢复营业时，即可办理。此款请代用于弘扬佛法之事，若不代取，不啻使佛门受损失。居士宏法有责，谅不辞却也。专些拜托，敬颂净安。吕宝莲谨上，三十二年一月一日。

　　从吕碧城接连三天给李圆净居士的三封信中，我们可以看出她缜密的心思。很难想象，一个60岁的花甲老人，抱定赴死的决心，有条不紊地处理自己的身后事，这份冷静从容，令人肃然起敬。吕碧城一生积蓄，除去自身日用所需，全部奉献出来以弘扬佛法之事，这份慷慨大义，又怎不令人钦佩之至！钱财于人，生不带来，死不带去。散尽千金，走得无牵无挂，倒也落得干净。

17

　　1月4日，吕碧城从梦中醒来，窗外还一片漆黑。她披上外衣，慢慢走到桌前，拧亮了台灯，一股橘色的光亮瞬间充满了整间屋子，也温暖了冬日寒冷的四壁。她静静坐下来，理了理思绪，提笔写下了一首《梦中所得诗》：

　　　　护首探花亦可哀，平生功绩忍重埋。
　　　　匆匆说法谈经后，我到人间只此回。

　　好一句"我到人间只此回"！平生坎坷无数，只化作这轻描淡写的一句。所有的繁花似锦，终将枯萎凋零；所有的功过是非，也都将付之烟云。这世界，我已来过，如惊鸿掠过水面，给世人留下我疾行的舞姿。

1月23日晨，吕碧城起床，洗漱，念佛，与平常无异。8时，她含笑坐化，容貌安详，往生西方净土。遵从她临终遗命，遗体先行火化，再以骨灰和面粉混合，投诸于江河，与水族众生结缘。

印光大师曾对"荼毗"之事著述称，西域人死后葬法有四，一为水漂，投诸江河，以喂鱼鳖；二为火焚，火焚其尸，冀破我执也；三为土埋，穴土掩藏，俾无暴露也；四为林施，置林间，俾鸟兽食也。人之烦恼生死，完全我执身见为根本。而火化，即取破除我执之意义。吕碧城选择了火焚加水漂两种方式，算是彻底地与我执身见告别，返妄归真，背尘合觉，了生脱死，超凡入圣。

1月25日清晨，香港浅水湾上风平浪静，湛蓝的海水清可见底，海滩上铺陈着细细的白沙。一叶小舟从海滩出发，慢慢摇向大海深处。林楞真监苑和两个小尼，一边念着阿弥陀佛，一边把手中的骨灰面丸投向海中。此时此刻，不知道林楞真的心里在想些什么？吕碧城走了，给东莲觉苑留下了20万元巨资捐赠。但是，少了吕碧城的东莲觉苑，从此便也少了许多生气。回想起吕碧城在东莲觉苑授课的那些日子，林楞真感到如此难忘。她呆呆地望向清澈的海水，几尾小鱼灵敏地游过来，准确地用嘴捉住骨灰面丸，又迅速地游离小舟。它们带走的是吕碧城有形的肉身，带不走的，是她永不泯灭的精神。

好了，走了。六十载烟波风雨，六十载身世飘零，到头来化作灰泥成鱼鳖腹中餐。吕碧城虽走得安详，但身旁无一亲人相伴，不能不说是一件凄凉伤感之事。

回顾吕碧城跌宕起伏的一生，少年诗画人惊艳，母遭幽禁露锋芒，为求学孤身出走，在报馆才情绽放，争女权兴办教育，为生计从政从商，欧美游学路漫漫，慈悲护生译经忙，皈依三宝佛学路，到最后是寂寞凋零人不识，惟余词作慰人心。

18

吕碧城生西的消息传来，其生前好友纷纷发表诗词文章，以追忆友人，寄托哀思。《觉有情》还专门刊发了《纪念吕碧城女士》专号，收录了蒋维乔、廉达因、林楞真、张觉明、张次溪、震华、崔慧朗等人的送别感言。众人回顾了与吕碧城相交的点滴经历，碧城音容笑貌，犹在眼前耳畔，生动鲜明。

专号的编者按这样写道：

呜呼！吕碧城女士生西矣。女士蝉蜕尘俗，栖神乐邦，并肩大士，上跻佛果，是女士之幸也。然而愍兹婆娑，众苦充满，法门秋晚，遽丧俊良，则众生之不幸也。女士固愿普贤愿，行普贤行者，其将乘化再来广渡有情？抑将如其梦中所得诗所云"我到人间只此回"耶？吾安得而知之？安从而问之？
　　……
　　揆其志行之坚卓，身世之特异，方诸释门硕德弘一大师，颇有类似处。一公示寂，女士甫为诔以志哀，而女士今又继踵以去，众生祚薄，龙象灭踪。哀哉！

编者按夸赞吕碧城"才情绝世"，将其仙逝与弘一大师圆寂相提并论，可见对其竺信如来、弘扬佛法、护生戒杀方面所做的贡献给予极高的肯定。吕碧城后半生用英文翻译经书多种，印布于欧美各国，以一介女子之身负起弘教重任，当今中国女界当中，能有几人？如今女士生西，谁又能继续担起女士的职责呢？

蒋维乔在《纪念吕碧城女士》一文中，谓吕碧城"文采风流，词华藻丽，实一奇女子"。张次溪在《呜呼吕碧城女士》一文中，谓"吕碧城女士以文学享大名于中外，垂三十年……女士之名，余髫年已仰之矣。"廉达因因会西文，被吕碧城注意，殷切嘱咐其译经弘法。初时廉达因尚自觉不足承当，及待吕碧城西去，方叹其知遇之深恩，表示"既荷重命，惟有竭吾棉力，继承遗志，以期发扬大法，聊报深恩。"

章太炎的夫人汤国梨亦赋诗一首，高度赞誉了吕碧城的美貌与才情，以表佳人已去空留余恨的追思：

> 冰雪聪明绝世姿，鸿泥白雪耐人思。
> 天华散尽尘缘断，留得人间绝妙词。

龙榆生赋一阕《声声慢》，感念与吕碧城相识相知的每一个瞬间：

> 荒波段梗，秀岭残霞，迢遥梦杳音书。腊尽春迟，花香冉冉愁予。浮生渐空诸幻，奈灵山、有愿成虚。人去远，胜迦陵凄韵，肯更相乎。
> 慧业早滋兰畹，共灵均哀怨，泽畔醒余。揽涕高丘，而今踯躅焉如。慈航有情同渡，瞰清流、拼饱江鱼。真觉了，任天风、吹冷翠裙。

另赋诗一首，借李商隐《碧城十二曲阑干》开头一句，引出无尽哀思：

> 碧城十二曲阑干，此日楼空可忍寒？
> 堕鬼登仙随分去，成魔入道等闲看。
> 往生应美邻词友，缓死难堪对达官。
> 何似皮囊化斋粉，更将斋粉付鱼餐。

　　值得一提的是，吕碧城生西后，其"不到黄泉毋相见"的二姐吕美荪"闻讯泫然"，并赶赴香港处理后事。生之时不相往来，直至死才匆匆送别，所见无非是水晶棺里一张不再生动的脸。

　　人啊，为何总要到失去后才珍惜？吕碧城半辈子参佛修行，慈悲为怀茹素戒杀，放下世间恩怨情仇，境界不可谓不深，只可惜在亲情方面却始终参不透，放不下，平白给后人落下口实。只是，瑕不掩瑜，这一点小小的瑕疵，掩盖不了吕碧城在诗词方面、弘扬佛法方面的极高造诣。她放下小我，将大爱播撒向世界各地，让各国人民都沐浴佛典的恩泽，这份功劳，无人堪比。

19

　　逝者如斯夫。无论怎样的凭吊，也唤不回西去的魂灵。就让这朵凋零的香国奇葩，随着西风，随着流水去吧。当天国的梵音响起，那些熟悉的诗词文字，亦会随之舞动，带着最深切的思念，追随碧城而去，在另一个世界陪伴她左右。那里，不再有苦难，不再有杀戮，也不再有难捱的孤独。

　　每个人从生下来就不得不面对死亡。死或轻于鸿毛，或重于泰山，全在乎一生所作所为之价值。吕碧城操劳一生，所涉及的各方面均造诣匪浅，在文学史、妇女革命史、思想史、教育史、佛教史上，都留下了浓墨重彩的一笔。她才情卓然，诗词韵律堪比李易安，又创造性地把新鲜事物揉进旧时格律，从而超越了李易安；她记录游学欧美的经历，引领国人走出国门放眼世界；她倡导女子教育，解放女子思想；若非早逝，佛学研究定当日益精进，给后人留下更宝贵的财富。

可以这么说，无论是思想还是行动，吕碧城都走在了时代的前列。叹只叹，这个兵荒马乱的时代容不下这样的奇才，她不得不孤独终老，追随佛祖，把自己蹉跎成了"民国第一剩女"。

有谁能在死后收获芳名无数？惟吕碧城也。后人不吝给予吕碧城一生成就以最高的褒奖："三百年来第一人"、"中国第一位女编辑""中国近代史上女子执掌校政第一人""第一位系统提出女子教育思想者""第一位系统进行佛经翻译的中国女性""第一位在世界保护动物会上演讲的中国女性"等等，不一而足。

我猜想，身在佛国的吕碧城，倘若见到尘俗间所赐的这些头衔，当淡然一笑，垂首低眉，合掌念一声"阿弥陀佛"，转身离去，愈行愈远，只留给世界一个渐渐模糊的身影。

后 记
穿越半个世纪的极致美丽

从 1883 年到 1943 年，吕碧城这朵香国奇葩风雨飘摇了 60 年，也坚强绽放了 60 年。这穿越了半个世纪的极致美丽，连缀起吕碧城传奇的一生。

她风华绝代，诗词格律、从政从商，平生每一步都走得风生水起，声势浩大；她特立独行，动荡的时代造就了她孤僻独立的性格，离家出走、讥讽慈禧太后、与胞姐不通音信三十年，想到就说，说到就做；她忧国忧民，散尽万金普度众生；她三皈五戒，护生戒杀，并于国际社会大力呼吁；她把声名抛之脑后，伴青灯，诵佛号，一心弘法。

很多人这一辈子都或许做不到吕碧城成就之一二，但是她一一做到了，而且，全都做得有声有色。"彤管一支挟风雨，独立钗裙百兆中。"吕碧城的一生，是旁人望其项背也无从追赶的一生，个中又有多少高处不胜寒的凄楚。

因为懂得，所以慈悲。

吕碧城一定是懂的。正因为看得太透彻，所以甘愿寂寞，在镜子里消磨属于自己的那份美丽。以她的姿色，完全可以借此找到一个权贵皆备的男人，过上富足的生活，但她就是不愿苟且。民国流行同居，她也不去追赶潮流，至死仍是完璧之身。

在吕碧城感情的天平上，我爱你，必得与你人前人后相依相伴，白首齐眉，笑看庭前花开花落。不苟且，不凑合，合心意，两厢情愿。你若不能，便是无缘。只能做挚友，恩师，兄长。郎虽有意，妾却无福消受。

很多人不禁要说：这不是傻吗？

吕碧城其实不傻。自己的命运要由自己来决定。钱要自己挣自己花，面包要自己做自己吃。她放弃了婚姻的约束，却因此获得了宝贵的自由，来来去去，无牵无挂。又有多少女子成了男人的附庸品，做了金丝笼里面的小鸟，而不是作为一个完整意义上的女人存在。

当这纷乱的俗世已不足以承载她的热望与寄托，她毅然决然斩断情丝，斩断欲望，六根清净，把身子交给佛祖，交给青灯，干干净净来，干干净净走，不带走一丝俗世的尘埃。

我要说，吕碧城很美。美得不可方物，美得清丽脱俗。她的正义感，她的爱国心，她的民族忧患意识，她的慈悲心，在大部分诗词作品中都得到了充分表现。这样爱国情怀和大爱，实乃难能可贵，这已经完全超越了个人情感的卿卿我我和花前月下，不啻诗词境界的另一种升华。还有她在世界动物保护会上的惊艳亮相和振臂一呼，这样的勇气，实在令人好生钦佩。她就像一面色彩鲜明的旗帜，永远插在你目光所及的前方，你看着她奋力前行，风雷闪电，雨雪冰霜，但旗帜永不倒。

　　碧城，这个名字起得非常有韵味。《太平御览》卷六七四引《上清经》："元始（元始天尊）居紫云之阙，碧霞为城。"后因以"碧城"为仙人所居之处。那么，吕碧城也合该是天上降临凡间的仙女吧？她本就不该属于这个人世的吧？否则，她怎么会如此卓尔不群，如此不落凡尘？

　　历史的车轮不断缓缓行进，在时钟的滴滴答答声里，吕碧城的名字如浅水湾边的沙堡，被海水一遍遍冲刷，曾经的雄奇壮观渐渐被抹平，她和她的作品也已经掩藏在海水之下，湮没了半个多世纪。今天，我们展开历史的绢本，吹拂去厚重的尘灰，逐字逐句欣赏一代词人风采，体会吕碧城的恩怨情仇。当我们的手指抚摸铅印的诗行，那些充满灵性的文字，一定会闪耀着光芒，飞出书卷，以火热的温度将你我紧紧包围。